講談社文庫

極楽行き

清談 佛々堂先生

服部真澄

講談社

もくじ

極楽行き

清談　佛々堂先生

縁起　春　門外不出

一

眠りが、浅かった。

頭のあたりに違和感があって、無意識のうちに、多恵《たえ》は何度となく枕を直した。

とうとう、首筋に何か堅いものがこつんと当たって目を覚ます。見上げた天井は、網代《あじろ》であった。飴色《あめいろ》の奥ゆきが深い。

——実家に来ていたんだ。

さわ、と、耳慣れた葉擦《はず》れの音がした。春のはじめは、裏山の竹藪が強い南風に応じるようにしなり、しきりにそよめく。思い返せば、いつものことだ。

身を起こし、枕をまさぐった。枕カバーの下に異物が感じられる。クッションとカバーの間に忍び込まされていたのは、守り袋のような小ぶりの巾着《きんちゃく》であった。なかみはお札《ふだ》でもあろうか、懐紙に包まれた堅いものだ。寝返りを打つたびに、しっくりこなかったのは、このせいだろう。

「なあ、これ何やの」

座敷でパズルの問題集を開いていた母の脇に、多恵はパジャマのまま座り込む。

「おそようさん。さ、ご飯どないしよ」

母は答えを後回しにし、しばらくぶりに帰省した娘を甘やかす口調で腰を浮かせかけた。

「寝にくうて、寝過ごしたわ。このせいや。何で、枕にこんなもの入れたん」

巾着を、多恵は座卓に置いた。

「ああ、それなあ。開けてみいな」

「見てええの？」

母に促され、巾着から取り出した紙包みを開く。予想通り木片ではあるが、神社のお札ではない。八割がたが焦げている。しげしげと見た。

「黒焦げやん」

「ゆうべ、あんたのど飴舐《な》めとったやろ。この燃えさしを枕の下に入れておいたらな、風邪かて治るのやて」

「そんなの、迷信や」

多恵は取り合わなかったが、昨夕まで荒れていた喉《のど》が、心なしか通っている。

「昔、拾うたもんえ。お松明《たいまつ》の燃えさし、覚えてまへんのか」

母にいわれて、ようやく気がついた。

「あ、お水取りのお松明……？」

多恵の実家がある京田辺《きょうたなべ》の集落は、京都府の南端あたり、奈良に通じる街道沿いにある。奈良駅に出るほうが京都駅に出るよりもずっと近く、しぜんに東大寺にも詣《もう》でる。

なかでも、東大寺の春の一大法要であるお水取りともなれば、信仰がどうのというより、このあたりでは春にかつぐ縁起のひとつで、初詣に次ぐ年中行事になっている。

――お水取り。

多恵の脳裏には、夜空を焦がす松明の炎が浮かぶ。お水取りの見ものは、二月堂《にがつどう》を経巡《へめぐ》る松明の乱舞である。堂上から振りしきる火の粉をものともせずに、皆がお堂の下で押し合いへし合いするのは、松明の燃えさしを我先にと奪い合うためなのだ。

杉の葉、小枝、木片。何でもよいが、燃えさしを拾えれば運がむいてくる。あるいは、枕元に置けば夜泣きが止まる、病気が治るなどともいわれている。

「こないに大きなの、いつのまに拾うたの」

お水取りの燃えさしとしては、大ぶりだ。早い者勝ちに皆が取り合うなかで、母も奮闘したのだろうか。

「さあ、いつでしたやろか」

「ずいぶん来てへんかったもんね、あたしも」

この前お水取りに行ったのは、いつだったかと思い返す。

東京で働き出してからは、行ったことがない。とすれば、もう二十年あまりお詣《まい》りしていないことになる。正月、盆に帰ることはあっても、お水取りのために休みを取ってまで戻ったことは、ない。そのあいだに、両親は何度となく、参詣《さんけい》したのであろう。

「ようやっと帰って来たと思うたら、あんた、お松明に行くのも仕事なんやて？」

母に問われて、多恵は生返事をする。

しばらくぶりにお水取りに向かうきっかけは社長の要望で、業務上の出張であることは確かだ。連日の催しのなかでも、籠《かご》松明といって、もっとも大きな松明がお堂に上がる今夜は、全国から訪れる客もピークになる。奈良のホテルは満杯で取れるはずもなく、結局は実家が足場となった。呼び物の籠松明は午後七時半ごろからだが、行は夜通し続く。帰りが深夜になったとしても、この京田辺なら、タクシーで楽に戻れる近さである。

東大寺まで十五、六キロ。昔なら歩いて半日の距離だろう。歩きを規準に東大寺までの道のりを考えてしまうのは、地元独特の風習があるからだ。

「お松明の竹、いまでも東大寺に担《かつ》いで持って行かはるの？」

お水取りを、地元ではさらにくだいて、『おたいまつ』と呼んでいる。

「えらい気張って、してはりまっせ。このごろは、奈良のほうでも、竹迎えしてくれはりますのやて。見物のお客も増えたらしゅうて」

お水取りに使われるお松明の竹が、ここ三十年ほど、この京田辺から東大寺に寄進されている。

そもそも、あたりいったいは古くから竹の名産地で、お水取りともなれば、あちこちの松明講から竹が東大寺に寄進されていたという。戦前までは、根が付いたまま掘り出された奉納の竹が道端に立てかけられ、街道をゆく商人や旅人などが寄進竹を運び継いだ。それが功徳《くどく》とされたものだと、多恵は聞かされていた。

その風習も、いったんは途絶えたが、京田辺の有志が昔ながらの竹送りを復活させたのは、三十年ほど前のことである。

「いまではお馴染《なじ》みのイベントになってますえ。竹が奈良坂を登り切ると、奈良のお方たちが拍手喝采《かっさい》で大歓迎、ぜんざいでお接待してくれはるそうや」

多恵はそんな母の話を、聞くともなく聞いている。

昔は、竹にまつわる話なんて、聞くのもいやだった。

榊原《さかきばら》多恵の、小さい頃のあだ名は——「姫」。幼馴染みからは、いまでもそう呼ばれることがある。

一時、『竹取物語』の舞台はこの集落だという説が持ち上がり、話題を呼んだことがあった。まんざら根拠のない話ではない。物語の原文によれば、竹取の翁《おきな》の家は、天皇が狩猟をなさる都の周辺にあり、「山もと近」かったという。京田辺は、奈良と京都の二都双方に近く、古来「山本」という地名があった。それに加えて、かぐや姫の名付け親は宇治にいたので、このあたりなら、いずれの条件にも合っていることになる。

多恵にとっての災難は、榊原家が名家で、裏庭にも、みごとな竹藪があったことである。このあたりでは珍しくもないが、竹取の翁の名が「さかきの造《みやつこ》」であるために、姓からの連想で遊び半分に、ひとり娘の多恵は、かぐや姫になぞらえられた。

物心つかないうちはよかった。お話の主人公に見立てられ、あれこれ持て囃《はや》されても、悪い気はしなかった。姫といっても、かぐや姫は地味である。いずれ月に帰ってしまう化身の姫なら、存在感は不確かでも構わない。少女の頃も、それはそれで、なよなよ、のほほんとしていていいので、楽であった。

様子が変わってきたのは、男の子に言い寄られる歳になってからだ。まさか、かぐや姫ほどではないだろうが、思いを告げられることはそこそこあったし、十七、八の頃から、見合い話が引きも切らずにあったのである。

どの話もまとまらなかったのには、さしたるわけもないのだが、やがて噂が噂を呼んで、説話どおりに「姫」はどんな男も寄せ付けないのだといわれるようになっていった。

大学から東京に出、あちらで就職したのには、そのことのわずらわしさを避ける意味もあった。

あれから二十年あまり。とうに四十を超えた。相変わらずひとりではあるものの、もはや、姫という歳ではないし、昔の面影もない。

京田辺の竹の話に、多恵が「もう、ええわ」式にぴりぴりしていたのも昔のことで、両親も、結婚の話はしなくなった。近所の声も、「多恵ちゃんは、東京の会社へお勤めしはって、えらい出世やとか」ということに落ち着き、彼女の説話は「月へ行かはった」として、ひとまず幕が降りている。

上場こそしていないが、多恵の会社の名は通っている。贅沢《ぜいたく》な品ばかりを小ロット扱い、ウェブ上のホームページと、カタログのみで販売する。嗜好品《しこうひん》や貴金属を中心に、別荘からツアーまでと、品目も幅広い。そのぶん、企画の力が問われる職場で、多恵はバイヤーから取締役にまで出世し、何冊ものカタログを任されている。むろん、会社では「姫」などとは呼ばれておらず、些事《さじ》に追われる毎日だ。

オーナー社長の漆原仁志《うるしばらひとし》は多恵よりもいくつか若いが、やり手のワンマンで気むずかしい。その社長から、五名の平取締役に対し、難題が出されている。

各自に与えられた時間は一週間。業務は休んでもよいが、そのあいだに、社長に提示された共通課題に応じた場をセッティングしなくてはならない。

結果は、昇進の参考とすることが明らかにされていた。常務取締役の座をさしているのだと思われる。

〝多様化し、より高い品質を求める当社顧客のニーズに応えるために、諸氏の発想を問うところである〟

口上はお決まりのものだが、社長の求めるところには、全くつかみどころがない。ゲームのようにしか思われないオーダーであった。

二

「そんなことなら、あんた」

助っ人を買って出てくれたのは、京橋の美術商であった。

この数年、多恵はこの店とのつきあいを深めている。『知恩堂《ちおんどう》』は一流どころだけに、店構えにも格調があり、はじめは店内に足を踏み入れることさえためらわれた。

それでも、間口《まぐち》の狭い店の、半畳もない飾り窓の趣向は飛び切りで、惹《ひ》かれた。思い切って飛び込み、正面から仕事の話を持ちかけてみたが、カタログに載せるような品はないと、あっさり断られた。

諦めきれず、時には客となるなどして二年は通い、それなりの話ができるようになったのは、主人とも顔なじみになった頃である。

多恵は、上得意のお客から一風変わった問い合わせを受けていた。

「正倉院で写経に使われていた古代ゆかりの硯《すずり》が欲しい」という。

写経を趣味にしており、意中のものを、旅先の歴史資料館で見つけたらしい。同じタイプの硯をずいぶん探したが、どこにも見つからない。写真を送るから復元してもらえないかと問われ、気が動いた。

写経は熟年層でブームだ。古代ゆかりの硯となれば、趣味人の気をそそるだろう。客から送られた写真では、品物の全容が分からなかったが、多恵は件《くだん》の資料館まで足を運び、学芸員に許可を得て、あらゆる角度から硯を撮らせてもらった。

古いもののことならと、多恵は知恩堂を訪ね、この硯をどこかで復元できないかしら、と話すと、主人の目の色が変わった。写真を手に身を乗り出して、

「天平時代の円面硯《えんめんけん》だね。それなら、やりたくてやきもきしている奴を知っている」

と、すぐさま陶芸家を紹介された。

硯といえば、石を削りだして作るものだとばかり思っていたが、円面硯は焼き物である。石製の硯が使われるようになったのは、平安の中頃からで、それ以前は須恵器《すえき》と称される陶製だったということも、須恵器の復元が、きわめて難しい作業だということも、あとから知った。

試作品が出来上がってきたのを、ひと目で気に入り、知恩堂に見せにゆくと、即座に駄目を出された。

「陶製の硯は、歴史のなかで、石の硯に結局は駆逐された。それだけに、磨《す》り心地はいいといい切れない。形はよく似ても、そこで不満が出るようでは、温故知新になら

ない」

多恵は進物を携え、名のある書家数名のあいだを一年歩いて試し磨《ず》りを頼み、試作を繰り返し、墨がねっとりと磨れるようになるまで粘った。

いよいよ商品となったときには注文が相次いで、ロングセラーになった。手作りの品だけに、仕上がりはひとつひとつ微妙に違うが、それもまた表情だとして、喜ばれている。

仕事が一段と面白くなった。以来、知恩堂に、注文製作の相談をするようになっていった。知恩堂の主人は、難題ほど興《きょう》がっているようで、表向き、店の名は出さないことを条件に、若い現代作家を斡旋《あっせん》してくれるようになった。いずれも無名だったが、仕事には文句のつけようがなく、たちまち固定ファンがついてゆく。

一昨年には、そのうちの一人が重要無形文化財に認定され、社内での多恵の評判が高まったことは、いうまでもない。

『知恩堂』では、飾り窓には秘蔵の品などけっして出さないと知ったのは、ずっと後のことだ。客の要望に応じて、相応のものが手品のように取り出される。客の力を、知恩堂の主人は読んでおり、奥行きは底知れなかった。人脈も同じだ。

「困っているの」

社長に出された難題の件で知恵を借りたいと、多恵は素直に頭を下げた。

社長の注文は、食事の席をアレンジしろというものである。お題は食物だ。素材は問わないが、贅沢の極みを味わいたい。これ以上のものはない、といわれるようなものを食べたい。費用は糸目をつけずに出す。いや、金では買えないものを味わってみたい……。

抽象的なことこの上ないが、知恩堂は、心当たりがあるとうけあった。

「いいところへ来たものだ。あんたなら……申し分なかろう。いまなら、季節もうってつけだ。いい人を紹介しますよ」

知恩堂は、見合いを取り持つような口調でいう。

「助かります。さっそく先方に駆けつけるわ」

「それが、家にはいないと思うんだ。車でほうぼうを飛び回ってましてね。いま、どこにいるのか、わからない」

「その方、食通なの」

食べ歩きでもしているのだろうか。

「まあ、そんなもんだと思ってください」

「社長もけっこう、うるさいのよ」

「まあ、任せてみたらいい」

「だったら、メールかファクスでも」

「一匹狼《おおかみ》だからなあ、あの先生は。事務所もファクスもコピーもなし。電話だけは引いているが、留守番も置いていないし。こちらから連絡はつけられないんだ」

「携帯は？」

「むろん、持っていない」

まさかとも思うが、多恵の知る限り、会社に属さない人種――作家やアーティストも含め――のなかには、携帯電話やメールアドレスを持たずに済ませている人がまだまだ、いる。何かと縛られることが嫌いなのだ。それでも生計に不自由していないのが不思議であった。知恩堂の人脈には、その手の人物が多いようである。

「ご自宅は」

速達でお願いごとを届けたらどうだろうかと、多恵はいったが、知恩堂は首を横に振る。

「めったに家に帰らないんだから、いまからじゃ無駄さ」

そういわれてしまうと、多恵には手の打ちようがない。

「そんなに慌てなさんな。先生は、お水取りには毎年決まって顔を出す。そこで直接つかまえちまえばいいんだ」

知恩堂は日取りを口にした。

「知恩堂さん、東大寺まで同行してもらえない？」

じかに紹介してもらえるのなら、確実だ。

「いや。美女のお相伴《しょうばん》に与《あずか》れないのは残念だが、あいにく、出張で韓国にね」

心細かった。相手の顔も知らない。何万人もの人出のなかで、初対面の相手を探し出す自信など、ない。

「せめて、写真でもないの」

「大丈夫。向こうのほうは、間違いなくあんたを見つけますって」

知恩堂は目を細めた。

話の危うさに、首をかしげながらも、限られた時間のなかで、多恵にはほかに方法がない。

「そのかわり、私にも頼みがあるんだ……」

知恩堂はいった。

三

鬱金色《うこんいろ》の風呂敷をほどいてみる。和装の一式が、きちんと納められていた。浅葱色《あさぎ》の色無地、一つ紋つき。帯はつづれ織り、カシミアのコート。

宅配便で、実家に衣裳箱が届いていた。

「どうしたんえ、これ。上等なもんえ」

母が、持ち重《おも》りのする絹をたぐりながらいう。多恵は適当にぼかす。

「貸衣裳や。お得意様にお目にかかるさかい、きちんとしとかんと。ええから、急いで」

着付けは、母に手伝ってもらった。

「しつけもついたままやし、新品みたいやけど……」

母は手早くしつけを解《ほど》いてゆく。

実をいえば、衣裳は知恩堂から届けられたものだ。どうしても、東大寺にはこのひと揃いを着ていけというのが、知恩堂の条件であった。

わけもわからないまま、身につけた。

「早めに出といたほうがええで」

お松明が上がるのは七時半を回ってからだが、直前に出かけたのでは、お堂までたどりつけない。身動きができないほどの人出になる。母のご託宣に従い、早々に家を出た。

二月堂を取り巻くあたりには、まだ明るいうちから人が詰め寄せ、五時を過ぎたあたりから、すでに他人の体に触れずに歩くのは無理になった。

二月堂の舞台の下はといえば、立錐《りっすい》の余地もない。炎の乱舞を間近に見られる特等席であることはもちろんだが、事情を心得た人たちにとっては、お松明から振りこぼれ落ちる燃えさしが、もっとも拾いやすい場所でもある。母の言によれば、例年、お昼過ぎにはもういっぱいになっているらしい。

人いきれに圧倒される。お水取りを見ることを、このあたりでは〝観光〟とも〝参拝〟ともいわない。〝聴聞《ちょうもん》〟といっている。例年、およそ三万ともいわれる聴聞客が詰めかけるなかで、目的の人を首尾よく見分けられるのだろうか。

暗さが増すとともに、不安になった。誰の顔立ちも、しだいに定かではなくなってゆく。

定刻が近づくと、ざわめいていた境内がにわかに静まった。固唾《かたず》をのんで、ことを待つ気配が広がる。

「ジコーノーアナーイ」

静寂を破るように、呼ばわる僧の声が境内に轟《とどろ》いた。

――はじまった。

お堂へ続く長い石段を、小さな松明を手にした僧が駆け上がってゆく。いったんお堂に上がったかと思うと、駆け下りて戻る。闇に紛れ、火の玉だけが登廊《とうろう》を往来しているように見えた。

同様の往復は、三度くり返される。〝時香《じこう》の案内《あない》〟で時刻を問い合わせ、〝用事《ようじ》の案内〟で修行が二月堂で行われることを申し合わせ、〝出仕《しゅっし》の案内〟で、そのために僧らがお堂に上がることを告げる。三度の案内が済むと、いよいよ白眉《はくび》の籠松明の出番が近い。梵鐘《ぼんしょう》が鳴らされた。

籠松明が階《きざはし》の下に現れ、場内がどよめいた。しなる太竿《ふとざお》の先に、燃え揺らぐ大松明の炎は、天を突かんばかりだ。

お松明の役割は、これからお堂に上がる僧らの足もとを照らす道明かりである。巨大なお松明の炎が登廊をまず掃《は》き浄《きよ》め、僧を先導してゆく。十一人の僧が上堂するには、同じ数だけの籠松明が、童子によって担ぎ上げられる。壮大な絵巻であった。

上堂がはじまってゆく。火の爆《は》ぜる音がした。

多恵は感嘆のどよめきをよそに、お堂の裏手へと回っていった。見物のほうは度外視し、知恩堂に教えられた場所で待っている。

喧噪《けんそう》は遠いが、時折りどうっとざわめきが寄せてくるのは、籠松明がお堂に上がり、巨大な炎の舞がはじまったためだろう。

僧らを堂のなかに送り届けたあと、籠松明は二月堂の舞台を浄めて回る。燃えさかる大松明が、業を焼き尽くさんばかりに振り立てられるさまは、見応えがある。このとき舞台の下に火の粉がなだれ、燃えさしが落ちてき、それを目指して人が殺到するのだが、いまはそれどころではない。

多恵は、気もそぞろで裏手の茶店にいた。お松明が上がるあいだ、この店は閉められるが、知恩堂のつてで、特別になかで待たせてもらっている。ガラス越しに、裏手の様子が見えた。

正面舞台のお松明はたけなわになっているが、裏手には、消防関係者や警察官たちのほかには誰も現れない。立入禁止のようであった。

あたりを見回しつつ、じっと待ったが、何事も起こらない。

――三十分。……四十分。

内心、焦り始めた。万が一、約束の人とすれ違いになっていたなら、ほかにどうしようもないのだ。

憮然《ぶぜん》としていると、そこへ。

ほの暗いなかを、お堂の裏手のほうから、ほぼ燃え尽きたお松明が横になって担がれてきた。

さすがの大松明も、役目を果たしたあとは目立たない。舞台から下げられたお松明は、籠がすでに焼け落ち、使い古しの庭箒《にわぼうき》のような姿になっている。

お堂の脇に、大きな石桶が据え付けられており、御用済みのお松明は、そちらへ運ばれていった。

――火の後始末か。ご苦労さまね。

多恵は、手持ちぶさたの時間つぶしに漫然と眺めた。

たっぷり水を張られた石桶に、お松明の先端が頭から浸《つ》けられた。

じゅっ、と音がした。

ひとしきり、はじめのお松明が消火されてしまうと、次の御用済みお松明が舞台裏に運ばれてきた。同じことが繰り返される。

ほかには、何も起こらないまま、お松明終了のアナウンスがあった。立入禁止のロープがほどかれてゆく。

が、その途端。

どこからともなく、作業服の一団が現れた。腕まくりをし、竹箒を持っている男もいるところからすると、寺の関係者だろうか。

と、思う間もなく、彼らは消火用の石桶を取り囲み、我先にと水中に手を突っ込んでゆく。

——何なの、この人たち……？

多恵は戸惑った。あっという間に、男たちは、水の中から、手に手に何かをつかみだしている。

よくよく目をこらせば、木ぎれであった。大きい。

まくり上げた袖が濡れることなど、皆、ものともしていない。石桶の奥底まで引き浚《さら》わんばかりの勢いで、彼らは髪ふり乱し、お松明から水中に振り落とされた木ぎれを奪い合っているのであった。あたかも、ピラニアが獲物に群がるようである。

あらかじめ用意してきたのか、箒で水中を浚い、獲得した木ぎれを大きな荷袋に次々とため込んでいる者もいる。

石桶に取りつき、灰の浮かぶ水中を手探りしているうちに、どの男の服にも、しだいに灰のどす黒い色がついてゆく。

息を呑むような取り合いが続き、何ひとつなくなるまで、石桶のなかがきれいに〝始末〟されていった。

誰一人として、声を発せず、粛々と事は進んでゆく。

あまりのことに、多恵は呆然《ぼうぜん》とした。

――こんな方法があったのか。

彼らも、燃えさしをいただいているのであった。

舞台の正面に、人出も皆の視線も、集まっているさなかである。裏手で何が起きているかは、意識の外になる。炎の一大絵巻が終わると、登廊が一般客にも開放されて、誰でもお堂に上ってゆけるようになる。聴聞客らの関心は、火の粉の落ちた石段の足元に集中してしまい、登廊や階段はもみくちゃになるほど混み合うが、華やかな浄めを終わり、炎が尽きて地味な姿になったお松明のその後には、誰も思い至らない。

多恵は唸《うな》った。

――知る人ぞ知るとは、このことね。

放心しているうちに、燃えさしは、ことごとく浚われてしまった。残骸は、ないに等しい。

度肝を抜かれ、口を開けているうち、群衆がちりぢりになり始めたのに気づいて、はっとした。もう八時半を回っている。石桶に群がっていた男たちも、三々五々、姿を消してゆく。

肝心の待ち人はと、慌てて茶店から走り出た。

——駄目だわ。行き違った……。

と、視界のなかに、作業服の男が割り込んできた。けっこうな年配だ。首に、白く毛羽立《けばだ》った安手のタオルを、マフラーのように巻いている。

多恵は避けようとして視線をそらし、別の方向に首を伸ばしたが、男のほうも合わせ鏡のように首を伸ばしたので、どうしても視界に入ってしまう。

だんだん近づいてきた。不自然な距離になる。

——何なの、このおじさん。

多恵は、思いっきり眉《まゆ》をひそめた。不審な思いを、顔に表したつもりである。

男は満面の笑みであった。

「あんたはん、ひょっとして、わしに用があるんと違うんか」

「え」

まくった腕に、肘《ひじ》まで汚れの黒筋が残っている。お松明の燃えさしを奪い合っていたうちの一人であろう。

「違いますっ」

きっぱりという。図に乗られてはかなわない。

「さよか。すんまへん」男はあっさりという。「ま、ええわ」ぶら下げていた紙袋をがさごそいわせ、ひとかけらの燃えさしを取り出した。「お裾分けや。あんたにあげまっせ。持っとったら、運がつきまっさかい」燃えさしをむりやり多恵に押しつけると、「ほな」といい置き、くるりと背を向けた。

男が足を向けた先には、彼の仲間なのか、似たような出《い》で立《た》ちの青年が手を振っている。男に呼びかける声が聞こえた。

「先生、こっちです」

多恵は半信半疑になる。

——先生？　まさか。

ひょっとすると、この人が食通の先生かもしれない。慌てて、がっしりした腰つきの男を、小走りに追いかけた。

「あの、すみません」

男が振り返る。

「何でっか」

「知恩堂さんのお知り合いでいらっしゃいますか。私、知恩堂さんにご紹介いただいた榊原と申します」

きいて、男は破顔した。

「やっぱりな。困りごとがあるような顔、しとったさかい、わしのとこに誰ぞが寄越《よこ》したんやないかと思っとったのや。ほな、行きましょか」

「あの、どこへ……？」

「腹が減っとってなあ」

青年もやってきた。和服姿の多恵を見ていぶかる。

「先生、どなたですか、こちら」

「知恩堂のお客さんやて」

「あ、東京の」

そう呟《つぶや》いたところを見ると、青年も知恩堂を知っているらしい。

自己紹介をしようとしたが、多恵は話を遮られた。

「ゴチャゴチャいう前に、まずは腹ごしらえや」

〝先生〟は、先だってずんずんと歩いてゆく。青年も、慌てて追った。歩く速度が、二人とも並ではない。

多恵も急いだが、慣れない和服姿と草履《ぞうり》ばきのせいで、足元が追いついてゆかない。二メートルほど遅れ遅れになり、小股でついてゆく。

しばらく行くうちに、青年が振り返り、彼だけは歩速を緩め、多恵と並んだ。相変わらず、〝先生〟は先をゆく。

「いらちですからねえ、先生は」

青年がいう。

関西でいう〝いらち〟は、東京弁ならせっかちに近い。おっとり歩いていられないのだ。

「梨本《なしもと》といいます」

青年は歩きながら会釈した。

「東大寺の方なんですか」

「とんでもない。静岡で工務店をしてます」

「でも、その格好……」

〝先生〟も梨本も、上着は作業着、下は汚れたデニム。

「御堂の裏で見てました」

多恵は、さっき目にした石桶の一件をほのめかした。

「ああ。木ぎれのぶん取り合戦ですよ。汚れますから、毎年こんな格好で」

「毎年、ですか」

「先生に連れられて、三年目です。光栄にも、旦那衆《だんなしゆう》のおこぼれにあずかってます」

「……旦那衆って、檀家《だんか》のほうの集まりか何か？」

檀家の人々が寺の手伝いを買って出ているのだろうか。

「うーん、何と説明すればいいのかな。見なかったことにしといてほしいんですけど、あそこにいた人たちは、名の知れた茶人か、趣味人ばかりなんです」

多恵は我が耳を疑った。

「……あの灰だらけの人たちが、ですか？」

「たとえば……」

梨本は名を挙げてゆく。茶道にたしなみのある画家、美術館の館長、老舗菓子舗の主人、高名な史学の大家、ユニークなオブジェの作家。多恵も耳にしたことのあるビッグ・ネームばかりだ。

「みな大物ばかりだから、ぼくが勝手に〝旦那衆〟って呼んでるだけで、集まりにこれといった名は無いんです」

　にわかには、信じ難かった。大新聞の文化欄に登場するようなお歴々ばかりが、多恵の目前で、焦げかけた木片のつかみ取り合戦を繰り広げていたというのだ。

「そんな人たちが、集まって何してはるんです？　地元では、燃えさしを拾えばええことがあるっていわれてますけど、そんなお偉いさんになれば、いまさら開運でもないでしょうし」

　驚きのあまり、多恵はことばまで、標準語と関西弁とがごっちゃになった。

「ぼく、仕事の傍ら、茶杓《ちゃしゃく》を造ってて」梨本はいう。「茶の世界では、道具の由来を大切にするんです。この燃えさしで茶杓を造ったら、風趣があると思いませんか」

「風趣……ですか」

「東大寺。二月堂。お水取り。古都。春の風物詩でもあるし、天平時代のまま続いている行事には、古代の雅味が残っている。壮麗な火の行法《ぎょうほう》に魅せられて、作品の題材とした画家や作家は、枚挙に暇《いとま》がない。そのすべてが茶杓に投影されて、景色になる……、なんて、先生の受け売りですが」

　梨本は頭を掻《か》いた。

「あ」多恵にも、しだいに事情が呑み込めてきた。「でも、茶杓って、竹製じゃないんですか。燃えさしは板でしょう」

「おもに竹なんだけど、茶杓の素材はいろいろありますよ。鼈甲《べっこう》、象牙《ぞうげ》、白蝶貝《しろちょうがい》、銀とかね。もちろん、木地のものも」

「じゃ、旦那衆の方々は」

「そうなんです。お松明の燃えさしで、出入りの道具商に、細工物を造らせる。茶杓にはむろん、見立てで何やかやに使えるか、とね。そうして、悦に入る」

意表を突かれ、多恵は唸った。あくの浮いた濁り水を浚って出てきた燃えさしを、彼らはお宝に作り替えている。

「だけど、なんだか……」

多恵はいいかけて、言葉を呑み込む。

「何です？」

「ちょっと狡《ずる》いみたい。大物ならではの特権に見えるもの」

「あまり知られてませんからね。でも、聞きつけてあそこに入ってくる人はいますよ。ところが、不思議なんですけど、続かない」

「どうして」

「どうしてかな。ごく自然にオーラ負けしてしまうんでしょう。風格が違うからかな」

「争奪戦に、風格の差が出るっていうんですか」

多恵は皮肉めかした。

「それが、出るんだなあ」前をゆく〝先生〟を意識して、梨本は声をひそめる。「かの先生なんか、最たるものですよ。嘘か真《まこと》か、ぼくにも本当のところはわかりませんが、旦那衆のあいだでは、こんな逸話がささやかれているんです」

前置きをして、梨本は話し始めた。

「ある年のこと、水の中から拾い出した燃えさしを、先生がじっと見つめたあげく、〝今年は妙なことになっとるなあ〟と呟いたことがあったそうです。旦那衆は、その呟きを大して気に留めなかったようです。先生も、その場では何もいわずに、内々で東大寺の寺務方に、ご注進したらしい」

「何といったんですか」

「お松明にガイザイが紛れてまっせ、と」

「ガイザイ？」

「外来の材木です。外材」

「分かるんですか。木ぎれを見ただけで、国産の木かどうか」

「そこが凄いところです。先生なら確かに見抜く。たとえ燃えさしでも」

「でも、なぜいけないの。どうせ燃やしてしまうのだから、国産の木でも外国産のでも同じでしょうに」

「それは違う」

梨本はきっぱりといい切った。

「どういうこと」

「お水取りのお松明の材料は、ただの木ぎれじゃない。たとえば、伊賀には寄進のための松明山があります。伊賀一ノ井《いちのい》松明講の人たちは、毎年そこから樹齢八十年の檜《ひのき》をより抜いてる。注連縄《しめなわ》をかけ、お祓《はら》いしてから伐《き》り出すんです」

作業に携わる人は斎戒沐浴《さいかいもくよく》する。伐採した檜を木ぎれの大きさに切り分ける仕事も、注連縄を張りめぐらせたなかでするくらい、大切に事を進めていると、梨本はつけ加えた。

「なんと、七百年前から、ずっとだそうです」

「そこまでしてはるんですか」

多恵は目をみはる。多恵も、同じようにお松明に竹を送る地元の出ではあるが、これほどのこととは考えていなかった。

「ただ、材料は、由緒ある松明講からばかりではなく、全国の寄進者から寄せられますからね。うっかりと外材が混じる余地がないとはいい切れない。むろん、良かれと思っての寄進ですから、寄進者には悪気などないのでしょうが、ことをわきまえることが大事だと、先生は。〝輸入材はちょっと、どないなもんやろか〟と。国もとで見事な木材が採れることを誇らしく思い、願い、祈る。それが本筋ということでしょう。東大寺は国を護るために朝廷が建てた寺なんですし」

「厳しいですね」

多恵はため息をつく。

「お水取りのことを、不退《ふたい》の行法というそうです」

「それってどういう意味ですか」

「世俗を離れた厳しさが、お水取りを千二百五十年、続かせてきた。一歩も退《しりぞ》かない修行なのだ、と」

「千、二百五十年……って、そんなに？」

「今年で千二百五十何年目かでしょう。大変なもんですよね。その分、思いがこもってるから、燃えさしのありがたみが、何倍にも感じられる。旦那衆の話題といったら、そんなことばかりです」

心得があり、筋が通って太い。だから、なまじの者は、はじき出される。

梨本がいわんとしているのは、そういうことのようであった。

「この話にはおまけがありまして、外材の一件以来、先生は焼印を頂戴《ちょうだい》できるようになったとか。噂ですがね。旦那衆はやっかんでますが」

「焼印？」

多恵には事情が呑み込めないことばかりだ。

「燃えさしで作らせた道具類の箱なんかに、〝二月堂〟と焼印を押していただけるんです。東大寺の二月堂ゆかりの品だというお墨つきで、なかなか貰《もら》えるものじゃありません。先生には、そのつてがある。垂涎《すいぜん》の的ですよ。好事家《こうずか》がもっとも大切にしているのは、品にまつわるゆかりです。書付《かきつけ》やゆかりの意味を理解できるかどうかは、味わう者の人生観しだいです……」

「何をコソコソいうてまんねん。辛気《しんき》くさいわぁ」

〝先生〟が立ち止まって振り返り、鼻を鳴らした。

歩きに歩き、いつのまにか、高台に出ていた。高塀の続く住宅街といった風情から、奈良ホテルの裏あたりだろうかと、多恵は見当をつける。

「ここや、この家」

先生は、呼び鈴を押すこともなく、とある家の木戸をからりと開けて、真っ黒な作業着姿のまま、勝手知ったる感じで入ってゆく。梨本も続いた。

戸惑いながらも、多恵が後に続こうとすると、

「あんたは、表から入ったらええわ」

半ば命じるようにいわれたとおり、石塀をたどってゆき、辻を回ると、枯淡の趣を持つ、重厚な門構えの料亭であった。

四

「多恵はん、ちょっと」

母が心配顔で呼びに来たのは、翌朝のことである。

「大丈夫なんか。けったいな車が迎えにきてますえ」

慌てて表に出てみると、いかにも怪しい古ぼけたワンボックス・カーが、屋敷の前庭に寄せられている。

うっと詰まった。後部座席には、がらくたのようなものが、溢れんばかりにぎゅう詰めになっている。段ボールやブルーシート、工具箱や古びた行李《こうり》といったもののほ

か、作業着やデニムがハンガーで吊されているのが見えて、いかにも風来坊のねぐらのようだ。

「まいどっ」

車の主が現れた。今朝は作業着でこそないが、くたびれたジャンパーに、すりきれかけた綿シャツ、綻《ほころ》びたデニムといった出で立ちである。

「おはようございます、先生」

思いがけない車の出現に、戸惑いながらも多恵は深々と頭を下げる。

「おはようさん。支度できてまっか」

いっしょに出てきた母は、あっけにとられ、小声でいった。

「あの人、何者なん」

「佛々堂《ぶつぶつどう》先生や」

「ブツブツ堂……？」

「超一流の趣味人やねん。仏のような顔を持つ反面、何にでも一家言《いっかげん》あって、ぶつぶつ文句いう御大《おんたい》やから、別名、佛々堂といわれてはるのやて」

「それにしたって、流れ者さながらの格好やないの」

「何いうてるの。母さんの目も節穴やな。先生が着てはるシャツな、海島綿《かいとうめん》シャツいうて、一着五万はする上ものやで」

多恵は、この手のシャツを、自社の富裕層向けカタログで扱ったことがある。そうと知らなければ、やはり眉をひそめたかもしれない。それほど、くたっとするまで着込んであった。

「何や知らんけど、あんたの仕事も大変なんやねえ」

多恵の母は、観念したようにいう。

「ほな、いきまっか」

佛々堂先生が、呼ばわった。多恵がおそるおそる、助手席に乗り込んでみると、後部座席には、荷物に埋もれるように、梨本が縮こまっていた。


「面白いやん。お手伝いしまっさ」

多恵が持ちかけた相談事を、佛々堂先生はいともあっさり引き受けてくれた。

ゆうべの奈良の料亭で、多恵はすぐさま座敷に通され、男たち二人は、やがて小ざっぱりした格好で現れた。といっても、そのまま野山に分け入ってもおかしくないような身なりで、かしこまったところは、まるでない。

——店に、着替えを置いてはったのや。

よほどの馴染みであるらしく、先生が席に着くやいなや、漬け物と大ぶりの茶碗が運ばれてきた。茶漬けの膳である。いつのまに頼んだものか、多恵の分までが支度されている。

「さ、食べなはれ」

何のてらいもなく勧められると、えい、甘えてしまえという気になるのが不思議であった。

目先の変わった作り方でもないが、茶が香ばしい。

先生は、目にもとまらないほどの早さで茶漬けをすすり、〃お代わり〃を頼んだ。二膳めもさらさらと流し込み、〃ごっそさん〃。食べっぷりがよく、お櫃《ひつ》が、たちまち空になった。

「ご飯だけたいといてえな、いっときますのや。勝手口から上がり込んで、手水《ちょうず》使わしてもろうて、たいして金を落としまへんのになあ。ほんま、ケチくそうて、えっらい迷惑な客でっしゃろ」

照れくさそうに笑うと、人懐っこい顔になる。

「すんまへんなぁ。せっかくやし、ゆっくりしたいところやが、これから、わしら、もういっぺん二月堂に戻りますのや。ざっと話しといてもらえまへんやろか」

夜半に行われる行法も聴聞しまっさかい、という先生に、多恵は課せられた難題を手短に話してゆく。

茶菓子が終わる頃には、段取りが決まった。といって、先生は自分の意見らしいこともいわず、多恵の都合が聞き取られ、〃ほな、明日迎えに行きますわ〃と、時間が取り決められただけである。

話もそこそこに、裏に置いてある手荷物を取ってくるからと、男二人は席を外した。そのまま、長いこと戻ってこない。仲居に尋ねてみると、先生と梨本は、すでに払いまで済ませて出たという。

狐《きつね》につままれたようであった。

「あら、ゆっくりしていってくださいね、足を伸ばして」料亭の女将《おかみ》が替えのお茶を運んできて、いった。「佛々堂先生、いつも、ああなんですわ。お出ましもお帰りも、突風みたいで。けど、迷惑なんてとんでもない。うちらの店が困ったときには、器やら掛け物やら、何でも間に合わしてくれはりますのえ」

この店の板場は、先生の指南を受けているとも聞き、あの人が名の知れた食通であることは確かなのだと、多恵は幾分かほっとした。佛々堂先生なる異名のいわれも、女将から教えられたものである。

山端の細道が、続く。

町とも村落ともつかない家並みが過ぎてゆく。愛知か岐阜か。そのあたりのどこかであるらしかった。

地名を示す標識があるうちはよかったが、とうとう何の目印もなくなり、多恵には方角が分からない。

古びたワンボックス・カーにはカーナビもない。あろうことか、佛々堂先生は地図さえ見ずに済ませていた。

岐路にさしかかると、「こっちや。確か、北々西やった」、「この酒造の角を東や」と即断してゆく。もっぱら、山や丘陵の形と神社仏閣、集落のなかの古手の店などを頼りに進んでいるようだが、多恵にとっては芸当に近い。

「西に、東にって、どうして東西南北がわかるんですか」

「何でやって、あんた。当たり前のことやんか」佛々堂先生は、かえって当惑したようであった。「お天道《てんとう》さまが沈むほうが西。西に向かって走ったら左手が南やろうに」

「佛々堂先生は、日がな一日、車で全国を走り回ってるんですよ。先週は八戸《はちのへ》から金沢へ。かと思ったら奈良でしょう。思い立ったら行脚《あんぎゃ》で、日本じゅうが庭みたいなもんなんです」

梨本が後ろから口をはさむ。

「何いうてまんね。何たらいう機械任せで自分がどこにおるのかわからんようじゃ、あんたがた、万が一っちゅうときにサバイバルできまへんで」

先生は、からっと笑い飛ばした。

「さ、つきましたでぇ」

快活な声が響いた。

二つの小峰の山あい、峠筋を畔川《あぜかわ》ぞいに農道が走り、左右の山裾《やますそ》に旧家がぽつりぽつりと点在するあたり。平坦な田圃《たんぼ》から、山腹に向けてだらだらと上る坂道に折れると、気持ちばかりの集落に出た。いずれの家も、自家用の畑を越せば裏山といった地形である。

その裏山の一角に、大屋根が埋もれたように見えるのは、古寺でもあろうか。

谷間を挟んで反対側の山腹には、鄙《ひな》びたあたりには似つかわしくない、マッチ箱のような家々が遠く望めた。新興の分譲住宅地のようである。

先生は、何の変哲もない農家に入ってゆく。

表口が広く開け、前庭にはトラックと乗用車、農機具だらけのガレージ、鳥屋《とや》に納屋《なや》、奥まった母屋《おもや》と屋舎《おくしゃ》の様子からして、本業は農業であろうが、多恵は目ざとく、

る。カラフルな宅配便の立て看板を見つけた。この家は、近所の荷物の取り次ぎをしてい

——そうそう。こういう家が見逃せないんだ。

曲がりなりにも、多恵にはバイヤーの経験がある。

村里で荷を取り次ぐ家には、都市と地元との、それぞれの情報が行き交って、文物が入り交じる。気の利いた産直品などを掘り当てるには、見逃せない中継地点であった。

立て看板は、納屋の脇に新築されたらしいプレハブの前にあった。間口は二間ほどである。

「カオちゃん、まいどっ」

からからと、先生は磨りガラスの嵌《は》まったアルミサッシを開ける。

「おや、先生。ご無沙汰《ぶさた》じゃない。待ってたのよぉ」

胸当てつきの花柄エプロンにたっぷりしたカーゴパンツの、ふくふくとした中年女性が、店番をしていた。肘までのアームカバーが、エプロンとお揃いだ。

多恵はすばやく目を走らせる。雑然としているが、やはり店だ。右手のスチール棚が日用品に当てられ、総菜用、冷凍品のケースがそれぞれひとつ。乾物や保存食は、

地元のものらしく包装が大ざっぱ。野菜はどれも箱積みで、近在の農家が置きに来るものだろう。

「景気はどないやの」

「暇、ひま」

「山菜はどうや、今年は」

「なんか、気候がねえ。それでも、けっこう、いいの残ってるわよ」

「蕗味噌《ふき》は」

「取っといた」

「二瓶《ふたびん》、分けてえな」

あれを、これをと、先生は目当ての品を次々名指ししてゆく。

カオちゃんは、いわれるままに自慢の品を取り出しながら、多恵と梨本にも綻んだ顔を向ける。

「今日は、ずいぶん、あか抜けた人たちをお連れじゃないの」

「うまいもの探しにきたお人や」

「あらま、こんな田舎に」

「カオちゃんはな、こう見えてもUターン組なんやけど、おっかさん譲りで、ええ腕しとるんや。味噌や山菜の漬け物作らせたら、天下一やで」

佛々堂先生に勧められて、多恵も梨本も袋いっぱい、何やかんやと買い込んだ。

「まあまあ、座ってください」

カオちゃんが人数分の椅子を引いてきた。

手作りの珍味を入れたタッパーウェアがいくつも開き、蕎麦《そば》茶がふるまわれた。

「うまいやん」

先生は山牛蒡《やまごぼう》のたまり漬けをポリカリいわせた。

「で、どないやの、例の駆除騒動」

「あれね。おかげさまで、昨年から、ぜんっぜん出ないようになってね。文句をいう人はいなくなったわよ」

カオちゃんはいう。

「さよか……。ええことやん」

「何の話ですか」

梨本が聞きとがめる。

「ここ何年か、このへんで、ちょっとしたごたごたがありましたのや。生えてほしくないところに、筍《たけのこ》が生えよった」

「筍が？　羨ましい限りじゃないですか」

「あなた、都市部の人ね」カオちゃんは苦笑する。

「分かりますか」

梨本は頭をかいた。

「田舎じゃ、いま、竹駆除に頭を悩ませているところが多いのよ」

「また、どうして」

「敷地を無視して伸びるでしょう。地下茎で増えちゃうから」

「食べちゃえばどうです」

「勢いがつくと、そうね、均《なら》したら筍が一日三本くらい出ちゃう。自分の地所で、それが二ヵ月、続くと思ったらどう？」

「食べきれないなら、市場に出すとか」

「あのね、ここのは真竹《まだけ》なの」

「あ、そうか……」梨本は肩をすくめた。「じゃ、そういうわけにもいかないなあ」

「真竹って、食べられないんですか」

多恵には初耳である。実家の敷地内に竹藪があるといっても、竹の品種など、考えたこともなかった。だが、家で採れた筍を食べることは、よくある。

――とんだかぐや姫だわ。

「食用に栽培してるのは、孟宗竹《もうそうちく》ね。真竹も食べられるし、下ごしらえによってはおいしいんだけど、孟宗竹のほうが、筍が柔らかいし、太いし。自家用ならともかく、商業ルートに乗せて売るとなると真竹ではちょっとね。お兄さんは簡単にいうけど、市場って厳しいのよ。食用の孟宗竹の栽培林ではきれいに間引いて、日当たりなんかも管理してる。荒れた林の真竹なんかじゃ、百パーセント、アウト」

「竹細工にはもってこいなんだけどな、真竹って」梨本は、なおも惜しそうである。

「弓も竹刀《しない》も。籠も扇も。とにかく、みんな真竹」

「え、そうなの？　竹細工は聞いてたけど、竹刀も真竹？」

カオちゃんも意外といった顔になる。

「しなるし、狂いが少ないんですよ、真竹は。その点、孟宗竹はだめ」

「来るとき、あっこにお寺さんがあったやろ」裏山の方角を、先生は顎《あご》で指す。「境内は築地《ついじ》で囲われとるのやが、なかに真竹の林がある。それが、まわりのお宅の庭やなんかに越境しとったわけや」

寺と隣り合っている四軒の敷地に、筍が続出するようになった。

「昔は、そんなことなかったんだけど」

カオちゃんが話すところによれば、筍駆除の問題が持ち上がったのは、七、八年ほど前のことという。

山に埋もれるようにしてある寺は、古くからある禅寺で、一時は修行僧も、常時数名いたらしい。

「そもそも、あそこは拝観謝絶のお寺でね。まわりとはつきあいが全然ないから、なかの様子は分からないのよ」

それでも、境内の外にある寺の畑では、僧らが黙々と農作業をし、山仕事をする姿も折々、見かけた。

「塀の外から見ても、庭木なんか、きれいになっている感じだったわね」

その頃には、筍の越境で困らされることなど、なかった。お寺のほうで見回り、小まめに筍を刈っていたのではないか、とカオちゃんはいう。

「ところがね」

寺はしだいに寂《さび》れ、修行僧もめっきり見かけなくなった。竹が越境するようになったのは、それからだ。

「何とかしてくれと、寺に申し入れたんだけど、埒《らち》があかなくてねえ」

このあたりの家の裏庭は、ほとんど畑につかわれている。筍は、少し放置しただけで竹になってしまう。一日三、四十センチ伸びるのはざらで、切っても追いつかない。放っておけば畑に侵入してきた地下茎がはびこり、作物が育たなくなることさえある。

詳しくはわからないが、寺の荒れようには、跡継ぎ問題が絡んでいるらしい。住持《じゅうじ》が亡くなり、身寄りには寺を継ぐつもりがない。そのくせ寺を譲り渡す話には応じず、本山とも揉《も》めたあげく、宙ぶらりんとなり、目下は門が閉じられたまま、廃寺同然になっているようだ。

そんなことを、カオちゃんは話した。

「あの頃は、始末のためにもいだ筍を、うちに持ち込む人が増えちゃって。そりゃ、うちでは直販だからさ、真竹でもちょっとなら、いろいろ作るんだけど」

「うまいんや、これが。水煮も塩漬けも」

佛々堂先生は、相好を崩す。

「先生とは、あの頃からだったわよね。でもね、うちでも大量には要らないし。このへんの家の人も、高齢者ばっかりになってね。筍伐採に悩んでいるって話を、聞きつけた先生が、見かねてねえ、とうとう手を打ってくれたわけ」

「四年くらい前やったかな」

「そんなになるかしらね。ともかく、京都から若いお坊さんたちを連れてきてくれたの。ボランティアを買って出て、彼らがお寺との境界に、くまなくトタン板を埋めてくれたのね。それからは、ほとんど越境してこなくなった」

一メートルくらい地面を掘り、トタン板を埋めておけば、地下茎の進入はほぼ防げるという。竹の地下茎は、地下三十センチあたりのところで伸びる性質があるらしい。

「生き物のことやさかい、万全とはいい切れまへんけどな。で、カオちゃんに見回り頼んでましたんや」

「最初の春は、トタンの継ぎ目が甘くて、けっこう出てきてね。でも、また助っ人が来て、補修してくれたから、激減したわね。一昨年にも何本か出たけど、そのあと、部分的に石囲《いしがこ》いを埋めてくれて、去年は一本もなし」

「なんとか片付いて、よかったやんか。けど、わし、あの塩漬けが好みでなあ。またどこかの真竹で作ってもらえんやろか、頼んでますねん」

「仕込むのはお安い御用だけど、今年のはさすがに、まだ先ね」

「仕方あらへん。けどな、一昨年の塩漬けが、ここにまだ残ってるって聞いて、飛んできましたんや」

「そうそう。自宅用に残ってたの。というか、うちでは誰も食べなかったんだけど。これで最後ね。味は保証できないわよ。古漬けになっちゃってて」

すでに支度してあったらしく、カオちゃんは、ビニール袋に入った筍の塩漬けを冷蔵庫から出してきた。

「ほな、また寄せてもらいまっさ」

代金は、さすがに多恵が済ませた。袋のなかをのぞき見ると、買ったもの以外にも、おまけがいろいろ入っている。

「こんなに」

「あの子は、何やかやちゅうて、作ったもんを、人に食べさせるのが生き甲斐なんや。さ、ほな戻りましょか」

「え、もう……？」

拍子抜けした。買い出しはまだ序の口で、食材を揃えるために、何軒かは回るのだろうと予測していた。

「準備は万端や」

いいながら車へ戻る佛々堂先生の目は、道々、件の古寺に注がれている。そのことに、多恵は気づかなかった。

五

漆原社長は、不機嫌になっていた。

「君の準備不足じゃないのか」

それもそのはずで、榊原多恵の用意した社長のための美食ツアー行程は、ハードそのものであった。

朝一番で東京の国立博物館へ。そのあと大阪の藤田美術館を回り、とんぼ帰りで伊豆へ。移動時間だけでも、およそ七時間が優に費やされている。そのうえに、手痛いミスがあった。

「気持ちは分かるんだが……」

東京、大阪と、美術館をはしごしてまで、多恵が社長に見せたかったものは、千利《せんのり》休《きゅう》作の竹花入《たけはないれ》であった。

東京国立博物館では――竹一重切花入、銘『園城寺《おんじょうじ》』。

藤田美術館では――二重切竹花入、銘『よなが』。

裏千家蔵として伝来する——竹花入尺八切、銘『尺八《しやくはち》』。

この三点は、利休の発想した茶道具の中でも名だたる品で、侘《わ》び数寄《すき》の境地が収斂《しゆうれん》されたものとして、つとに知られている。竹花入が天下に流布し、珍重されるきっかけとなったものでもある。

三点すべてとはいかなかったが、一日という限られた時間のなかで、運よくそのうちの二つを、見て回ることができた。

この花入れは、利休が伊豆で見ごたえのある竹を見出し、三つとも、その竹から切り出されたものだといわれている。

「伊豆の韮山《にらやま》には、そのとき利休が竹を選び出した竹林が、いまだに残っているそうです」

「ほう」

〝そっちにも、回ってみるとええで〟

佛々堂先生の勧めで、無理を承知で、多恵は伊豆の韮山行きを日程に組み入れた。

〝三つの花入れのなかでも、『園城寺』はいちばん見事なもんや。筒の根もとから上方にかけて、氷割《ひわ》れとよばれる不思議な縦割れが入っとってな、それが得もいわれん景色になっとる。作ってからひびが入ったのと違うで。割れが入ったまま生き、育ち続けとったもんなのや〟

竹に割れが入れば、普通は内部の空洞に水が入って溜まり、枯れてしまう。なのに、件の竹は、枯れていなかった。

〝枯れなかったのは、表面が割れても、内側の肉が、格別厚かったせいやろうね。韮山竹のなかには、いまでも同じような氷割れの竹が何本かあるっちゅうこっちゃ。いわゆる、特異体質に近い血統なのやないやろか〟

利休竹と呼ばれる氷割れの竹が、いまだにあるときいて、社長も乗り気になったが、韮山に到着する頃には、もう五時近くになっていた。

表門のチケット売り場は、まだかろうじて開いていた。かの竹林は、いまは重要文化財『江川邸』の敷地内にある。かつては代官屋敷であっただけに、表の長屋門はいかめしい。

入館は四時半までのところを、大目にみてもらい、敷地に入ることはできたが、利休竹のある韮山竹の林を見たいというと、係員ににべもなく断られた。

裏山の韮山竹は、いまは公開されておらず、公開部分からも見えないのだと聞かされた。

「せめて、遠くからだけでも、拝めないものかな」

氷割れどころか、韮山竹の梢《こずえ》さえも見ることができないと分かると、憧憬《しょうけい》はよけいに募るもので、社長も口惜《くちお》しそうである。

「申し訳ありません。私の手配のミスでした」

社長は、なおも憮然としている。

――さすがの佛々堂先生も、韮山竹が非公開だとは知らなかったのかしら。

多恵は首をかしげたが、いずれにしても、この筋書きのまま運ばれてゆくしかない。どのみち、今宵の趣向は、佛々堂先生しか知らないのである。

地図を頼りに向かった先は、鄙びた山荘であった。

苔むした板葺きの門から奥へと続く小径を、行燈《あんどん》に導かれて進む。あらわれた草屋《そうおく》には扁額が架けられ、墨跡が〝ふしきの〟と浮かび上がっていた。

「くだけた席ではございますが」

座敷に上がると、挨拶《あいさつ》に出てきたのは、草木染めの紬《つむぎ》をきりりと着こなした佛々堂先生であった。

「この方は」

と首を傾《かし》げた社長に、多恵がいい添えた。

「膳を調《ととの》えてくださった方です。一夜限りではありますが」

「そうですか。入口の〝ふしきの〟とは、どういう由来なんですか」

紹介を受け、さすがに、漆原社長は世慣れた口をきいた。

「千利休は、韮山で例の竹花入を切り出したときのことを、手紙に書き送ってはりますねん。〝筒、ふしきのを切り出し申し候《そうろう》〟いうて。〝不識〟か〝不思議〟か。いずれにしても〝知らず、思いがけないもの〟に出会ったということですわ」

「思いがけないものに出会う庵《いおり》か。面白いな」

続いて、床の掛け物に、社長は目を留める。一行ものの軸であった。〝諸悪莫作衆善奉行〟とある。

「この掛け物は……？」

佛々堂先生に、漆原が問いかける。

「竹花入のひとつ、銘『尺八』にちなんで、この書をおかけしときました。一休さんが書かはったもんです」

「諸悪を作《な》すなかれ。衆善《しゅぜん》を奉行《ぶぎょう》すべし。悪いことをせず、善きことを行え。あまりにも有名な法語の一節だが……、まさか、真筆ですか」

「さすが、お目が高いお方や」先生は明かす。「昵懇《じっこん》の方からお借りしてきたものですわ」

「あなたは、どういったお方です」漆原は目を丸くする。「一休宗純和尚の真筆とは。同じ文言を、二幅に分かち書きにしたものを、京都の大徳寺《だいとくじ》で見たことがありますが、あそこは一休が住持を務めた名刹《めいさつ》でしょう。そんなところにならあるのも当然でしょうが、このような場で拝見できるとは」

それには答えず、先生は軸の趣向を話し続けた。

「『尺八』を韮山から切り出すにあたって、利休は一休さんを思い浮かべたのやないかと、私は思うてます。一休さんいうお人は、風狂にして枯淡。私心を離れておごらず、尺八を得意とし、教えに用いたふしもある。利休にとって、同じ寺にて参禅した大先輩でもあり、利休の求める〝侘び〟の世界を想起させる人やった思います」

「これは、それこそ思わぬ眼福《がんぷく》だな」

この一件ですっかり相好を崩し、彼は佛々堂先生に全幅の信頼を寄せたようである。

「ほな、さっそく粗菜《そさい》を運ばせましょ」

一服して落ち着いたところへ、膳が運ばれてきた。

たっぷりとした白磁平鉢《ひらばち》に、蕗《ふき》の葉でふわりと蓋《ふた》がされている。早春の風情に、漆原社長の喉が、こくりと動く。
が、蓋を開いて、漆原は微妙な表情になった。
出しを張った炊きものであるが、具は筍だけである。木の芽こそたっぷり載ってい
るものの、筍の形にはきっぱりしたところがなく、色もぱっとしない。
戸惑い顔で箸《はし》を動かす。慎重に味わった。
沈黙が座を支配する。
「どないです」
「これも褒めたいところだが」漆原は困った顔になっている。「正直いって、もの足
りないなあ。なるほど、不味《まず》くはないが、傑出しているとはいい難い。もぎたての筍
のほろ苦さや、香りがない。第一、まだ旬のものではないだろう」彼は多恵のほうに
向き直った。「榊原君。利休の竹花入に絡めた趣向は、たいへん結構なものだが、肝
心の料理はちょっとね」
多恵はうつむいた。具の筍は、カオちゃんお手製の塩漬け筍を戻したものだろう。
味のほうは先生のお墨付きのはずだが、期待はずれだったのか。
続けて、社長は皮肉めいたことを口にした。「国立博物館で見てきた『園城寺』の
銘は、近江園城寺にある破《わ》れ鐘《がね》に着想をえて名付けられたそうですね。いや、まる一

日榊原君に引き回されて、僕もすっかり詳しくなりましたよ。韮山竹の氷割れが、鐘に入っている罅《ひび》を思わせるとか。この炊きものも、破れ鐘とかけて、破れかぶれの味、とでもいうところかな」

「実にユニークなお見立てや。せやけど、実をいえば、この鉢のなかの筍は」先生は、趣向の種明かしをはじめた。「めったなことでお目にかかれる代物《しろもの》ではおまへんのや……」

「どういうことです」

先生のもったいぶった口上に、社長は身を乗り出した。多恵も、思わず引き込まれてゆく。

「とある里山に、禅の古刹《こさつ》がありますのや。ここは開基も古く、かつては雲水《うんすい》もぎょうさんおって、修行も厳しい僧堂《そうどう》やったそうや。世俗とは隔絶した拝観謝絶の寺やった。せやけど、いまは見る影もないありさまですわ。住持が遷化《せんげ》されはったあと、俗《ぞく》人《じん》のお身内が、寺を手放したがりまへんのや。どうしても、譲りとうないといわはる。ところが、それには理由がありますのやて」

話題にのぼっているのは、例の裏山の、古寺のことであるらしい。先生は続けた。

「寺には古い言い伝えがありましてな。とてつもない門外不出のお宝が伝わっとるのやそうですわ。ところが、そのお宝が何であるのかは、住持だけが知ってはった。遷化にあたり、お宝のありかを封印したまま、住持は旅立たれました。お身内は、そのお宝を、いまだに見つけてはらんのですわ。ひょっとして、えらいお金になるかもわからん。それを、みすみす渡したくない。寺を他人に任せれば、お宝がどないになるか、わかりまへんさかい」

「秘蔵の仏像でしょうか。あるいは画幅《がふく》とか。仏閣のどこかに隠し場所でも造られているのか」

「もちろん隅から隅まで、調べはったのや思います。せやけど、無い……」

「……それで？」

「それがや。思いがけないところにあった。わし、見つけましてん」

佛々堂先生は、さらりといってのけた。

「見つけた？」社長は信じがたいという表情になる。「だが、寺は拝観謝絶でしょう。宝は門外不出だという。寺に入る特別のってがあったんですか」

「いや、寺には入ってまへん」

「じゃ、どうやって」

「住持がお元気だったときは、お宝はまさしく門外不出だった。一生懸命封じ込めてはりましたんや。ところが、状況が変わった。お宝は門外に、あっさり出てしもうてましたのや」

「……門外に、出ていた？」

訳が分からない。二人が理解に窮しているところへ、先生はついに明かした。

「いま社長はんが食べはったんが、最後の一つですねん。門外不出の筍の」

社長は目をむいた。

「あの筍が……お宝って、まさか」

「あの筍はな、かの利休竹の血筋を引いとったんでっせ」

「……！」

根もとに氷割れを持つ、韮山の利休竹。その竹の子孫が、遠く離れた山里の、禅寺の庭に根付いていたと、佛々堂先生は明かした。

「さっき、韮山の江川邸に行って来はりましたやろ。あそこは中世から名家で、乱世も経てますし、人の出入りの多い代官屋敷やったこともある。いつの頃かは定かでないが、利休竹の価値を存分に知った、不心得《ふこころえ》な誰かが、かつて、江川邸からこっそり持ち出したのや、思います。それが、何の因果かあの田舎の禅寺に植えられた。持ち込んだのは修行僧かもしれんし、いまとなっては分からんこっちゃ。ところが、さすがに禅寺やさかい、目のある住持がおったのやろ。竹林の氷割れの多さに、これは利休竹の縁と気づいて、秘宝としたのやな。ゆかりがゆかりだけに、道具にしたら、相当値が張るええもんができまっさかい。例年、筍が出始める頃には、真相を明かさぬまま、修行僧らに表を見回らせてたん違いまっか。けど、いまはこの筍も幻や」

筍駆除の経緯が、ざっと話された。

「と、おっしゃいますと、門外に越境していた筍は、またも境内に封じ込められたわけですか」

「それだけやあらへん。境内からも竹林が消えてしまいましたんや。この前のとき、表から眺めて、おやと思ったのやが、後で確かめましたら、越境のごたごたに辟易《へきえき》したのか、いま頃になって例のお身内が、境内の竹藪を掘り取ってしまったのやと」

「何てばかなことを……！」

社長は絶句した。

「知らぬっちゅうのは、恐ろしいもんでっせ。そやさかい、社長はんのお腹《なか》のなかの筍が、ほんまにいちばん終《しま》いのもん、ゆうこっちゃ」

多恵はあっけにとられた。

夢か、幻か。

漆原社長も、陶然としている。贅沢の極みが、はかなく消えた。邯鄲《かんたん》の夢のようであった。

「心底、参りました……」

漆原は兜《かぶと》を脱いだ。

「ほな、多恵はんの昇進は確実でんな。予定通りに」

社長は、はっと夢が覚めたように飛び上がり、突然何をいい出すのですかと、うろたえた。

「黙って聞いとくなはれ」佛々堂先生は制した。「三つの竹花入のうち、まだあとひとつ、大事な趣向が残っとりまっさかい」

『尺八』と一休の軸。『園城寺』と筍。それぞれの趣向はすでに語られ、残す花入は銘『よなが』のみである。

「『よなが』いうのは、竹の姿からつけられた銘や。竹の節《ふし》と節《ふし》とのあいだを、節《よ》といいまんねん。節の長い竹から切り出したさかい、節長《よなが》、とつけた。そこから想起されるものは、何やと思います？」

何が告げられるのか。多恵はただ、呆然と聞いている。

「節の長い竹は、幸運の象徴や。長い空洞には、ひょっとすると、かぐや姫もいてはるやろうし」

――『竹取物語』……!?

〝竹取の翁《おきな》、竹を取るに、この子をみつけて後《のち》に竹取るに、節《ふし》を隔てて節《よ》ごとに黄金《こがね》ある竹をみつくる事かさなりぬ……〟

「そうや。すなわち、多恵はん、あんたはんこそが『よながʼ』にまつわる、わしの格別の引き出物でっせ」佛々堂先生は愉快そうにいう。「……社長はん、あんた、そろそろ彼女に明かしてもええのやおまへんか」

「いや、それは」

あたふたと、社長は落ち着きなく腰を浮かせた。見れば汗だくになっている。

「多恵はん。このお人なあ、あんたはんを出世させるために、知恩堂に頼んで、こんな七面倒くさいセッティングしはりましたんやで。とにかく彼女が勝ち抜けるよう、とびきりの知恵を、こっそりつけてやってくれないか、と」

「え」思いもかけぬことであった。「なぜ、そんなことを……」

抜け駆けの出来《でき》レースを、社長がもくろんだというのか。

「何でやろ、てか。あんた阿呆かいな。このお人が、あんたに首っ丈《くびったけ》なの、わかってまへんでしたのか。かというて、これまでの男たちのように、はねつけられたくはない。あんたが〝かぐや姫〟呼ばわりされとったことなんか、ちょっと調べれば分かりまっさかい。仕事の上でもあんたを買うてますから、妙なしこりを残したくないし、それでも何かしてやりたいが、何もしてやれない。切ない男心やなあ」

社長は、文字通り頭を抱えている。座卓に頭をつっ伏さんばかりであった。

それを見たとたん、多恵の頭には血が上った。早鐘のように胸が鳴る。戸惑い、怒り、恥ずかしさ。本当にしばらくぶりに望まれたことへの、頬のどうしようもない火照《ほて》り。

「でも、それって、やらせじゃないですか」

「そやさかい、わしはほんまのことをいうたんや」

「約束違反じゃないか。情けない」両手で顔をおおったまま、漆原は呻《うめ》いた。「すべてが台無しだ」

が、佛々堂先生はどこ吹く風だ。

「そうでっしゃろか。あの古寺の筍は、贅沢の極みというても、もはや手の届かん幻になってしもうた。けどな、彼女は本物のかぐや姫やおまへんで。夢や幻やのうて、現実に生きとります。生きて動いとる。苦うても辛うても、その味わいっちゅうもんがいちばん、贅沢なことやと、わしは思っとりまっせ……」

六

「あの二人、うまいこといっとりまっしゃろか」

「さて、どうですかね」

知恩堂が苦笑した。

佛々堂先生は、珍しく上京し、知恩堂の店に立ち寄った。

「社長と多恵はんとの仲は上々なんやろ。あの社長はん、例の禅寺の修復費用出す件、承知してくれはったそうやないか」

「それにしても、絶好の舞台装置がありましたね」

「カオちゃんもなかなかの役者やったわ」

そもそもが、例の古寺は、住持が遷化したために荒れた寺などではない。維持の費用が集められないまま老朽化が進んだために、堂宇《どうう》の使用を休止したまま、本山でも半ばもてあまされていた寺であった。

「門外不出のお宝か。うまいこと考えたものですね」

「寄進のお手伝いはな、無理してもしとくもんやで。報《むく》いになって回り戻ってきまっさかい」

先生は、ぶら下げてきた風呂敷を開いた。柾目《まさめ》の通った桐箱《きりばこ》が現れる。

「これは？」

蓋の裏に記されている銘と伝来は、名の通った禅寺の高僧の手によるものである。めったに得ることができないお墨付きであった。

「韮山竹の血ィ引いた竹で、梨本君に作らせた竹花入の新作や」

一重切りの真新しい筒花入が、目の前に取り出され、知恩堂は呆《あき》れかえった。竹花入の根もとには、見事な氷割れが入っている。

得意げに、佛々堂先生は明かす。

「韮山竹の子孫の話な、あそこの寺の話やあらへんねん。けどな、まったくの作り話でもない。わて、別のとこに、利休竹見つけてましたんや。そやさかい、話の筋だけを借りときましてん。ほんまは……、まずこんなところやね」

風呂敷包みとは別に持っていた紙袋を逆さにすると、筍がごろごろとこぼれ出た。

見れば、どれも、根もとに氷割れが入っている。

「筍のうちから氷割れが入っとる。さすが、根性入った一族や」

「じゃ、筍が幻というのも、作り話だったんですか」

「ご覧の通り、残っとる。ただ、江川邸の韮山竹が本流だとすれば、こっちは亜流や。いい方は悪いが、どこの馬の骨かわからないともいえるわけや。何の証拠もあらへんからな。その分、ものをいう」

「何がです」

「お墨付きでんがな」

利休ゆかりであることを、ほんの少しでも匂わせるためには、かの高僧のお墨付きがいる。

墨跡を得るつてを作るために、先生は禅寺修復の仕掛けをしたのであった。

「でしたら……、あたしも、すっかり騙《だま》されたというわけですね」

知恩堂は口を尖《とが》らせた。

「けどな、知恩堂はん、あんたもお人が悪いで。多恵はんにあんな青いべべ着せはって、東大寺に寄越すとは」

佛々堂先生はやり返す。

お水取りに〝青衣《しょうえ》の女人《にょにん》〟が現れたら、先生はその女性の頼みを聞かないわけにはいかない。縁起をかつぐ佛々堂先生の人となりを、知恩堂はよく知っていた。

〝青衣の女人〟はお水取りにまつわる不思議な話のうちのひとつである。

お水取りの法会では、二月堂の過去帳ゆかりの人たちの名が、毎年読み上げられる。ある年のこと、青い衣を着た女性が読み上げ役の僧の前に立ち、「なぜ我が名を読み給わずや」といって消え去った。

二月堂のご本尊、観音様は、あらゆる人の悩みを救ってくれる仏である。その帳簿から洩《も》れてはかなわない。読み忘れられた青衣の女人は、哀れであった。

——そやさかい、青衣の女人を成仏させたら、めっちゃええことがありまっせ。

本気か、お得意の遊びか。先生は、いずれにしても、そう信じているらしいのである……。

縁起　夏　極楽行き

一

——あれは、銃声だろうか。

どこかで、軽い破裂音がしたように思った。

——きっと、気のせいだろう。

音がしたはずの方角に耳を澄ます。何も聞こえない。あるいは空耳か。ありもしない音が聞こえたとすれば、もしや年のせいかと気を回す。

小鳥だけが、しきりにさえずっている。それも妙な話だ。田辺《たなべ》昌一《まさかず》の住まいは都心のマンションで、鳥類の鳴き声が聞こえるとすれば、カラスばかりのはずである。

と、そこへ。

軽く、乾いた音がまた一発。

近くで物騒なことでもはじまったのか。最近は、穏やかならぬ事件が多すぎる。今度は少し間を置いて、再びパン、パ、パン、と。

「お前、死ぬぜ」

誰かがいった言葉が重なった。

——冗談じゃない。

頭を振り立てる。本物の銃声なのか。いずれにしても、田辺は、リアルな拳銃からの発射音を聞いたことがない。映画の刑事物などで聞いたそれと、耳にした破裂音とは、どうも違う気がする。

——ならば、あの音は何なんだ。

いきなり、カチャリというドアの開扉《かいひ》音とともに、風が吹き込んできた。その冷たさに、田辺は身震いし、目を瞬《しばたた》く。

夜が明けていた。相応に明るい。

ダッシュボードが、ぼんやりと目に入る。自身は毛布にくるまり、車の助手席にいた。車のなかで、ひと晩を明かしたのであった。少しずつ、正気づいてゆく。

——俺はなぜ、ここに……？

頭がようやく、そろそろと動き始める。

——そうか。連れ出されたんだった。

車で夜明かしするなんて、四十数年ぶりだろうか。それも連日とは、若い頃にしても、なかったことだ。身動きすると、体の節ぶしが痛い。慣れない体勢で眠ったせいであろう。

いまでは、平らになるまでシートを倒すことができ、足腰を伸ばして寝られるタイプの車種が主流になりつつあるらしいが、その点、この車は何もかもが旧式であるうえに、後部座席には雑多な荷物が積み込まれているため、ほんの気持ちほどしかリクライニングできない。

エコノミークラス症候群にでもなりはしないかとの不安から、田辺は、うつつのうちにも足首を動かそうと心がけていた。車での仮眠は、思ったよりも、きつい。

——仕方がない。俺はもう、いい年なんだ……。

考えることのすべてが、いつのまにか、どこやら爺《じじ》むさくなってきている。自分でも分かっているのだが、どうしようもない。結局は、諦めぎみの弱音になる。

この傾向は、退職してからというもの、ますます顕著になっているようだ。現役のうちは、まだよかった。あれこれ手配し、中間管理職として差配するなかで、いやでも脳が動いた。

いまでは時間をもて余している。仕事の気疲れや繁雑さから解放された気分は悪くなかったが、時間がない、ないと嘆いていた日々が嘘のように、何の刺激もない、怠《たい》惰《だ》な日々が続いている。

そうでもない限り、この突飛な誘いに乗ってはいなかっただろう。

田辺は寝ぼけ眼《まなこ》をこすり、老眼鏡兼用の眼鏡を掛けた。

「お目覚めでっか」

見計らったように、関西弁が響く。車のドアを開け、満面の笑みでこちらをのぞき込んでいるのは、すりきれた綿シャツにデニム姿の男であった。

朗《ほが》らかで明るい口調、朝っぱらから、溌剌《はつらつ》とした身のこなし。いったい幾つなのだろう。自分よりはいくらか年上だろうと見当をつけていたが、日に日にわからなくなる。田辺は毒気を抜かれ、唸《うな》った。

田辺が寝泊まりしているワゴン車は、このけったいなおっちゃんのものである。窓にはハンガーがぶらさがり、働き着としか思えない着替えが吊されていた。いまではそのなかに田辺のシャツやスラックスも混じっており、住所不定の流れ者コンビといったふうに見えるであろう。

妙な縁から、田辺は思いがけない旅に付き合う羽目になっている。

「あ」

おっちゃんの背後で、また音がはじけた。思ったよりもずっと小さな音であるが、夢現《ゆめうつつ》のなかで耳にしたあの破裂音。

身を乗り出し、田辺は表に目をやった。

二

「お前、死ぬぜ」

挨拶がわりにそういったのは、元同僚の村木《むらき》であった。

「そんなこと、あるもんか」

虚勢を張ってはみたが、笑い飛ばしきれない弱さがある。

連れ合いに先立たれると、この年代の男は、がくっと折れたようになる。統計にも出ている。同窓の誰それだってそうだった。——その手の話はよく聞いていたが、いざ我が身のこととなると骨身にしみる。

「第一、相当痩《や》せたんじゃないか」

「接待づけの生活が終わったせいさ」

「それもあるんだろうが……」

村木は続きを最後までいわなかった。そのことが、田辺には、かえってこたえた。健康的な痩せ方ではないのが、自分でもわかっている。やはり退職組の村木が、これといった用向きもないのに訪ねてきたのは、そんな様子を案じてのことでもあろう。時期が悪かったのだ。繰り返しそう思う。田辺の妻は、彼が退職するのと前後してがんを再発し、治療の甲斐なく逝《い》った。

仕事のけじめ、妻の入院、社の送別会、妻の死、葬儀……と、ただごとならぬ日々がにわかに押し寄せ、慌ただしく過ぎ去ってしまうと、気が抜けたようになった。それきり、何もかもが面倒になっている。社から持ち帰って投げ出したきりになっている私物は、いまとなってはすべて無用のものに思えた。部署名入りの印鑑やバッジ、ロッカーに入っていた社名入りのジャンパー、アポロキャップ。取引先の古い名刺も、いずれシュレッダーを買って処分しようと思いながら、そのままだ。

亡妻のものに関しては、さらに困りものだった。田辺は一人っ子で、遺品のあと片付けを買って出てくれるような姉妹はいない。子どもも長男のみである。その息子も、とっくに独り立ちして家を出、警備会社の地方支社に勤めている。四十を過ぎていまだ独身のいかつい男に、親の男所帯にまで気を回せというのは無理というものだ。遺《のこ》された家族が男二人というのは、まことに始末がわるい。

　妻は家のなかをこまめに片付けていたほうで、夫婦二人の持ち物は別々にしまわれている。それをよいことに、妻の化粧品やら衣服なりは、いずれ朽《く》ちてゆくのならそれでよかろうと、開き直って放ってある。

　家のことを妻任せにしていた田辺には、家事がこなせない。食事もコンビニの弁当や店屋《てんや》もので済ませることが増え、四十九日が過ぎてからは、身辺もますます乱雑になりつつあった。

「男って、情けないもんだなあ。俺も女房が留守だと、何がどこに入れてあるのかさえわからない」

　あたりを見回した村木は、自分にこと寄せていう。

「家政婦でも雇えよ」

「気が進まなくてさ」

　会社におさらばしたばかりだ。人を使う気苦労は、いまさらしたくない。我が家のなかを他人にくまなく見られ、いじられるのも、気ぶっせいであった。

「仕方ねえなあ。気分転換に、飲みにでも行くか」

　村木は二人が馴染みの店の名をいう。

「そうだなあ」

それにしても、何を着てゆくのか。背広というわけにもゆくまい。そこから、すでに勝手が違った。〝女房が一式、出してくれた〟という村木の格好を参考に、チェックのシャツにサファリ調のベスト、太めの綿パンを合わせ、ソフト帽をかぶる。通勤時にはまったく気にならなかった頭頂部の薄さが、ことカジュアルともなると、なぜか気になった。

『こま田』は、田辺が長年ひいきにしてきた店だ。某省庁の外郭団体を得意先にしていた田辺は、毎日といっていいほど、ここで社の伝票を切った。目端《めはし》のきく女将《おかみ》が店を仕切り、値段のわりにまともな肴《さかな》を揃えている。大小の座敷に、小上がり、カウンターと、使い回しがいい。人気店ゆえに、いつも混雑していたが、田辺は、飛び込みでも席を取りはぐれたことがない。普段は店の調度品や在庫を置き、ホールとは簾《すだれ》で仕切っている畳一畳分ほどの板の間を、店は田辺のために空けてくれる。

「俺たちは、ここで夕飯食ってたようなもんだからな」

村木がいうように、『こま田』の仕上げの蕎麦《そば》やにぎりめし、茶漬け、すしが田辺の晩餉《ばんしょう》になっていた。それだけに、暖簾《のれん》を見るとにわかに食欲がそそられた。

「あら……、田辺さんお久しぶり」

女将の笑顔は相変わらずであったが、口調にはかすかに戸惑いが混じった。

そのわけは、すぐにわかった。田辺が〝俺らの席〟だと思っていた件《くだん》の席に、新顔の客が、我がもの顔で座っている。しかも、あろうことか、座を占めているのは三十そこそこの女たちではないか。彼女たちは声高に盛り上がり、さざめく笑いが、ホールにまで響いている。

――小娘らが。

苦々しく見た。と、ホール係がその席にワインを運んでいるのが目に入った。

この店のメニューに、ワインはない。が、田辺が頼めば、とっておきのを出してくれる。取引先の連れてくる関係者――多くは官庁OB――のなかには、口のおごっている者がい、焼酎が主体の割烹《かっぽう》で、特別にワインが飲めることを喜んでくれた。そのことが、田辺には半ば得意であったのだが。ちらりとしか目にしていないが、運ばれていったのは、ラベルからしていかにも高級そうなワインだ。

「さあさ、田辺さん、今日はこっちの特等席へ」

二人はテーブル席に案内されたが、何となく居心地が悪い。

「豪勢じゃないか、あっち」

いうつもりのなかったことが、つい口をついてしまった。

女将は小声になる。

「ごめんなさいねえ。ああ見えて、あのお客さんは……」

某大手上場企業のITソリューション部の女性部長さんとスタッフなのだと、女将は続けた。耳打ちされた企業名の大きさに、田辺は気圧《けお》されて一言《いちごん》もない。

「最近では」女将はちょいと盃《さかずき》を空ける手真似をした。「こっちのほうも女性陣のほうがお盛んみたいねえ」

「そんなもんかねえ。しかし、ウチの奴らは、いける口ばかりだろう……」

「あらあら、とりあえずのお品もまだでしたねえ。お待ちくださいな。すぐ運ばせますので」

女将はそわついた様子で話を打ち切り、板場へと戻っていった。

「何だい。話半《なか》ばで、素《そ》っ気《け》ねえなあ」

「いや、それは違うと見た」村木が異をはさむ。「あれは、女将なりに気を回し、うまくはぐらかしたんだ」

「何をよ」

「あんたが、話題をウチの部下らの話にもっていきそうだったから」

「……？」

「分からないか。……たぶん、奴ら、ここを使ってないのさ」

「何だって」

田辺はあぜんとした。社を去る前に、田辺は直属の部下に、『こま田』を使うよう、さんざん念押しをした。むろん、店との利益関係があるわけではない。俺の根城《ねじろ》を渡す。そんな気持ちであり、事実、部下には繰り返しそう告げた。

「さもなければ、あの女将だもの、ウチの者をさしおいて、新参者にあの席明け渡すはずないじゃないの」

「そうか」

悄然《しょうぜん》とする。いわれてみれば、そうである。部下の変節を思うといまいましい。いや、自分の行為が押しつけがましかったのかと情けなくもあり、店への面目もなく、さらに腰が落ち着かなくなった。

「まあ、悪くないじゃないか。結果的には店の客層が若返ったんだから」村木が救い舟を出す。「呑もう。ボトルがあったろ」

「ああ。だが、駄目だ」

退職がてらに、田辺は部下たちのためにと新たなボトルを入れた。彼らが足を運んでいないとすれば、ボトルの中身は減っていないはずだ。田辺に気を兼ねている店側からすれば、見せたくないもののはずである。ここは、知らんふりで通すしかない。

「女将、新しいボトルちょうだい」

田辺は呼ばわった。

「はい、有り難うございます」

心得たもので、女将も即座に応じた。

突き出しとメニューが運ばれてくる。シチリア風、インドネシア風などと異国の地名を冠した新作料理がちらほら目についた。

「世代交代だなあ」

メニューを眺めた村木がいう。

何となく白けて、せっかくの晩餉も、味気ないものとなった。たら腹《ふく》飲み食いするつもりが、かえって気疲れし、『こま田』への足は、この日をしおに遠のいた。

三

食は、相変わらず進まない。とくに、朝食がいけない。出来合いの食事を買ってきては口にするものの、旨いという気がしない。

「お味噌汁だけは飲みなさいよ」

亡妻の声が響く気がして、小分けパックの即席味噌汁だけは冷蔵庫に入れてある。妻の美保子《みほこ》の料理を食べるのは、どのみち朝だけであることが多かった。酔って帰れば翌朝の食事は摂らないこともよくあり、そのたびに美保子は同じことをいうようになっていた。

塩けが酔い醒《ざ》ましになり、田辺は妻手製の味噌汁を好んで飲んだ。その味を、何度か再現しようとしたが、奮闘した甲斐はなかった。小分けパックのそれは、輪をかけて味気ない。

「あなたが食べてゆけるかどうかだけが、気になって」

病床の美保子が、何度も案じていたことが思い出される。食べずとも、叱られることもない。何をしていようとも、誰からも何の反応もないことが、いちばんこたえている。

几帳面《きちょうめん》な妻であっただけに、どこかにレシピなどを遺してないとも限らないが、捜すことを考えるだけでへこたれる。妻のものをいじれば、過ごした日々の思い出や、二人のあいだにあるはずであった老後が、嫌でも引っ張り出され、あとからあとから出てきそうで怖い。田辺は気持ちを封じ込めている。

妻の手で吊されたままになっているドライフラワーにさえ、できるだけ目をやらないようにしているくらいなのだ。

「すんまへん、御免ください。いてはりまっか」

見知らぬ男が訪ねてきたのは、そうした一日のことであった。

「田辺はんのご主人でっか」

ひと抱えはある花を、バケツのまま手にした関西弁の男に、田辺は戸惑った。襟《えり》のあたりがすり切れたシャツに、着古したデニム。自分と似たような年配かと思えるが、いつでもフィールドワークに出られそうな出《い》で立《た》ちがさまになってい、勤め人とは思えない。どこか職人くずれといった風貌だ。

「配達ですか」

田辺は問い返す。フラワーショップのマスターか、便利屋のおっちゃんか。男の風貌には、いっけん、そう思わせるところがあった。

「田辺美保子はん、亡くならはったそうですなあ。ご愁傷《しゅうしょう》さまです」

「失礼ですが、おたくは」

田辺はいぶかった。

「よろず屋みたいなもんですわ」

「……よろずや？」

「関東でいうたら、何やろな。何でも屋、ちゅうとこ違いまっか」

やはり便利屋か。

「どなたから」

送り主の名札が見あたらない。

「はあ、実は、田辺美保子はんから頼まれごとしてますねん」

田辺は目を白黒させる。

「美保子って……あんた」

故人が自分の仏壇に花を供《そな》えるよう、依頼したとでもいうのか。が、あの美保子なら、あり得ない話ではない。若い頃から、夢見がちなところがあった。

「とりあえず、お線香上げさしてもらえまっか」

こういわれると、部屋に上げないわけにはいかない。

仏壇のある茶の間に上げた。田辺の部屋はマンションの一階で、茶の間は猫の額ほどの庭へ続いている。窓辺に吊されたドライフラワーから、雑草が伸び放題になってしまっている庭へと、よろず屋の男は視線を移した。気のせいか、目を細めたように見えた。あわよくば、庭掃除の仕事でも請け負いたいと思っているのかもしれない。仏壇の前には、供物《くもつ》が山積みになったままである。仏花器《ぶつかき》も花瓶も空になっている。

肩に掛けてきた携帯ゴザを、仏壇の前に広げて敷き詰め、男はあっという間に作業スペースをつくった。散らかっていた供物は、どこからともなく取り出された濃紫のちりめん風呂敷に品よく包まれ、仏前に、格調高く納まった。

「手水場《ちょうずば》、お借りできまっか。花にお水を頂かなあきまへんので」

洗面所に案内すると、手際よく支度をし、花の水揚《あ》げを始めた。この手のことには慣れているのか、枝を伐《き》り、撓《たわ》め、投げ入れてゆく手さばきは見事であった。生花を活け終わる手順のうちに、何をどうしたのか知らないが、仏壇が見違えるように艶《つや》めいていた。いつのまにか、お灯明《とうみょう》に火がともっている。

「本当に何でもするんだねえ」

「少し拭かせてもろときました。もしかしてお飾り動かしてもよろしいやろか。観世音菩薩さまと勢至《せいし》菩薩さまの尊像が、左右さかさまに置かれとる思いますわ」

「そういったことには、うとくてね」田辺は頭をかいた。「お寺さんは浄土宗なんだが、仏壇に何をどう置くかなんて、考えたこともない」

と、美保子の位牌を視野に入れつつ、男はいう。

「新しい仏さまのお戒名《かいみょう》が徳誉《とくよ》慈《じ》法大姉《ほうだいし》でっから、田辺はんのおうちは浄土宗の檀家《だんか》はんでっしゃろ。浄土宗では、きまって戒名に誉の字が入ってますのやて。ここに出てますお数珠も、浄土宗のもので、三万浄土《さんまんじょうど》っちゅう形や思いまっせ」

「戒名や数珠で、どこの宗派かわかるの？」

田辺には初耳であった。

「宗派ごとに、きまりがありまっさかい。真言宗なら、本尊は大日《だいにち》如来、位牌の上のほうに古代インドの梵字《ぼんじ》で𑖀《あ》と書いてある。浄土真宗なら本尊はお釈迦さま、戒名にも釈の字が入ってますのや。ご本尊さまの左右にどなたがいらっしゃるのかもおおむね決められとりますし、数珠かて、各宗派ごとにスタイルが違うてますがな」

「さすがによろず屋だなあ」

「全国ぎょうさんのお宅に上がってまっさかい」

「おたくはそれぞれの宗派のしきたりまで覚えているの」

「ほんまいうたら、アンチョコがありまんねん」

男はちろりと舌を出す。

「アンチョコって？」

「仏具屋さんにはたいてい、あらゆる宗派から問い合わせが入りまっしゃろ。うまいことマニュアルまとめた冊子かなんか、置いてはりまっせ。あのお人たちこそ、その道のプロですやん。お知恵を拝借、ですわ」

「なるほど」

田辺は思わず吹き出した。このおっちゃんは、博学なのかと思えば、相当にちゃっかりしている。久しぶりにこみ上げた笑いであった。

仏壇のなかは、しきたりどおりに粛々《しゆくしゆく》と調《ととの》った。男所帯の哀しさで、夥《おびただ》しい線香の燃えかすを堆《うずたか》く積んだきりになっていた香炉のなかは、筋目《すじめ》模様も整然と、灰が均《な》らされている。

涼やかな花があしらわれ、格式が出た仏前で、男は瞑目《めいもく》し、南無阿弥陀仏と十遍唱えた。鳴らす鈴《りん》の響きさえ違っている。余韻が長く尾をひき、荘厳な響きになった。

田辺が鈴の外側をカンカン、と叩いていたのに対し、男は内側をリィイーンとかき鳴らし、音がいつまでも、波のように宙空を漂った。

「堂に入っているねえ……」

思わずともに合掌《がつしよう》していた田辺は、没頭の心地よさに浸りながら目をあいた。耳はなお消えゆかぬ波を、いまだに追っている。

「この音聴くの、趣味でんねん。何にもせんと、音だけがじぃんと耳に染みいりまっしゃろ」男は田辺に向き直った。「消えたぶんの音はどこにいくんでっしゃろか。はて、あの世かいなぁ？」

田辺の口元に、またも笑いがこみ上げた。男の快弁がおかしい。

「ユニークなよろず屋さんだ。美保子はどこからおたくを捜したのかな」

「うちは一から十まで口コミでご紹介いただいてますのや。わし一人でこなしてまっしゃろ、数は無理なんですわ。ご友人から聞かれたちゅうことやった思います」

このおもろいおっちゃんなら、評判が伝わるというのも頷《うなず》けた。仕事も手早い。

「こういう依頼はけっこうあるの。故人が自分に献花するなんて」

死期を心得た病人が、遺族宛の手紙やメールを遺し、死後の記念日などに届いたという話はよく耳にする。美保子はその手法を応用したのだろうか。

「人にはいろいろ、ありまっさ。せやけど、おきれいな方でしたなあ」

男の視線の先には、美保子の遺影があった。

「それは、少し若い頃のもので……」

そういえば、この遺影も、美保子自身が選んだものであった。昔は社内の小町という評判で、手足が長く、アルバイトでモデルをしたこともあるらしい。連れ添ううちに、それなりに貫禄がついていき、年齢も重なって、体型も容貌も十人並みに変わっていたが、写真写りはいいほうだった。そのなかから、美保子は自らの遺影をより抜いておいたのだ。

「で、お代のほうは」

「とうに頂戴してまっさ」

「どれくらいかかるもんなの？」

「それは企業秘ですわ。実は、亡くなった奥さんからの頼まれごとは、こっからが本番ですねん」

「まだあるの」

「奥さんは、旦那はんに、見せたいものがある、ちゅうことですのや」

「見せたいもの？」

「はあ。この季節にならんと、見せられん、ちゅうて」

夏もたけなわである。もう少しで、いやでも新盆の支度をしなくてはならない。

「こういう事ですねん。奥さんは、お友達などと連れだって旅行した折、得《え》もいわれぬ景色と出会った。それをぜひ、旦那はんに見せたい。そういわはりましてん」

「日本なんだろうね」

確かに、田辺が出張やゴルフで留守の週末など、美保子はよく友達と旅行していた。とくに、息子が巣立ってからは羽を伸ばし、ソウルや上海、タイや台湾にも飛んだ。海外には、それこそ年に一回未満であったが、温泉などにはちょくちょく行った。最初は田辺に気兼ねしていたが、ひとたび乳がんを患《わずら》い、回復してからは、ためらいなく出かけるようになった。

「国内ですわ」

「それにしたって、美保子は何でまたお宅に頼んだの。一緒だった友達にでも頼めば済むことだろうに」

「河野《こうの》文恵《ふみえ》はんやね。区民講座の健康エアロビクスクラスのお友達やそうで。それが、彼女にも場所がわからへんのやそうなんですわ。もっとも、仕方のないことや思います。肝心の奥さんにも、場所がわからん、ちゅうのやから」

妙な話の成り行きに、田辺は眉を寄せる。

「どういうことなの」

「とあるツアーで向かいはった先で、奥さんたち一行は、旅館の仲立ちで、名花の咲く秘密の場所を紹介されはって、案内人が連れて行ってくれたそうですわ。ところが、案内人が絶対に場所を明かしたくないというさかい、皆——といったって四、五人のことやと思いまっさ。目隠しして車で向かった、いいますのや」

河野文恵はツアー会社に問い合わせてみたが、当時訪れた旅館は経営が立ちゆかなくなって閉鎖されており、案内人の居所にまでたどり着くことができなかった。

「そこで、わしにお鉢が回ってきた、いうことですわ」

「じゃ、調べがついたの」

「案内人とは連絡が取れてまっさ。で、ご主人を思い出の場所にお連れしたいと思てますねんけど、ご都合はどないでっしゃろ」

「むろん、つけますよ。妻の願ったことだからね」

「ほな、田辺はんさえよろしければでっけど、明日の朝、わしと一緒に出かけはりまへんか。案内人と落ち合うことになってまっさかい。その足で、現地まで車でお連れしまっさ」

「そりゃ、ずいぶん急な話だねえ。その人、東京に来るの」

「高速で落ち合うことにしてますねん」

急は急だが、田辺は暇である。行き先にも興味を惹《ひ》かれている。

「ひと晩考えさせてよ」

「お願いしまっさ」

男が帰ってしまってから、田辺はとつおいつ考えた。

告別式の記帳をたよりに、妻の友、河野文恵に連絡をとってみる。

よろず屋の話した通り、文恵は美保子とともに、名花の咲く場所を訪れたことがあるという。

「見事なものだったわ」

「何の花なんです」

「いってしまっていいのかしら」

「構わないでしょう」

「でも、やっぱり止めときます。美保子の遺した気持ちですもの。楽しみは、その時までとっておかれたほうがいいわ」

話の裏は取れたが、息子の昌志《まさし》にも電話を入れた。

「そいつ、新手《あらて》の詐欺師じゃないだろうな。父さん、旅費ぼられるなよ」

昌志は半信半疑だった。

「支払は一切合切、母さんが済ませているそうだ」

「へえ。けっこうロマンチックなところあったんだ、あの人もやるもんだね」

短い沈黙があった。

「念のために、毎晩連絡入れてよ」

「ああ」

受話器を置いて気がつくと、家じゅうに覚えのない香りが漂っている。悪くなかった。葬儀屋が持参してきたまま普段づかいにしている線香ではない。見れば、上物らしい老舗香舗《しにせこうほ》の線香の桐箱が、さりげなく机に置かれている。これも、よろず屋が供えていった線香の残り香《が》なのであった。


「まいどっ」

朝も朝、時計が六時をぴたりと指したところでチャイムが鳴った。

「どないでっしゃろか。出かけられまっか」

田辺は立て続けにせかされた。

「行くことにしたよ」

美保子の旅行先から推測して、件の場所は、おそらく秋田か新潟のどこかであろう。二泊三日ぐらいにはなるかもしれないと聞かされ、そのぶんの旅支度は、何とかまとめてあった。

「ほな、車回してきまっさかい」

戻ってきたときには、よろず屋のおっちゃんは空のバケツを提げていた。

「お供えを下げてもよろしいか」

――そうだった。

田辺の頭のなかからは、昨日の献花のことなど、すっぽり抜け落ち、水すら換えていなかった。連泊の旅で留守にすれば、帰宅したときには枯れてしまっているだろう。無残な姿を目にするところであった。

おっちゃんは花をバケツに戻しながら手際よく水揚げをしたので、花卉《かき》に勢いが蘇った。

「あの風呂敷は？」

田辺は注意を促した。供物を包むのによろず屋が使った濃紫の風呂敷に気づいたので、持ち帰るのを忘れるな、というつもりだった。

「それは、わしからのお供物ですわ。使《つこ》うといてください」

花いっぱいのバケツとともに、車に向かう。田辺は荷物の詰まったリュックを背負っている。サファリ調の前あきベストとソフト帽は、もはや定番である。

「ずいぶんと使い込んだ車だねえ」

ワンボックス・カーの後部座席には、工具箱やら梯子《はしご》やら、壊れかけた木箱、段ボール、竹、箒《ほうき》、スコップのようなものから、田辺には何やら見当もつかないものまで、めいっぱいに積み込まれている。よろず屋の車では仕方がない。どのみち、高級車を想定していたわけではないのだ。植木も幾鉢か載っている。提げてきた花のバケツを積み込むと、ぎゅう詰めになった。

高速の入口に向かい、世田谷あたりを走っているころ、田辺の腹が鳴った。

「朝飯まだでっしゃろ」

いったかと思うと、車は国道から脇道にそれた。喫茶店かコンビニにでも寄るのかと思えば、路地をどんどん折れてゆく。

住宅街に出た。あたりは一戸建てばかりで、みな敷地が広い。富裕層の住まいが多い一帯である。よろず屋は、何のためらいもなく、うちの一軒のアプローチに車を乗り入れた。長く続く石壁には蔦《つた》が伸び、門扉にまで絡まっている。

「ここで済ませまっせ」

よろず屋は花のバケツを手に、田辺にもついてくるようにいった。

「お早うさんでーす」

門は開いている。勝手知ったる様子で呼ばわり、おっちゃんはなかへ進んでゆく。

「あ、遅かったじゃない」

こぼれんばかりの笑みで現れたのは、この家の奥さんらしい。

「あらあ、素敵ぃ。助かるわぁ」

よろず屋に差し出されたバケツいっぱいの花を眼にするなり、奥さんは瞳をぱっと輝かせ、賛嘆の声をあげた。

「あ、それは……」

──うちの献花のお下がりじゃないか。

田辺はそう口に出しかけたが、奥さんの喜びの声に押されて黙った。

「この鋸草《のこぎりそう》、捜してたのよぉ。なかなか見つからなくて」

「ほな、よかったやおまへんか。これは挿し芽で殖《ふ》やせまっせ。キク科やさかい」

半夏生《はんげしよう》、鵯花《ひよどりばな》、数珠玉《じゆずだま》、矢筈薄《やはずすすき》、禊萩《みそはぎ》、捩摺《もじずり》……。

聞いたこともなかった花の名が飛び交う。奥さんはほくほく顔であった。

「この奥さんは、和ものの花をアレンジする教室、主宰してはるんですわ。押し花も作ってはるし」

おっちゃんが明かす。田辺はよろず屋の客として引き合わされた。

「あなたがくださるお花は、いつも姿が飛び切りね。どこから手に入れてらっしゃるの」

「そりゃ、秘中の秘でんがな」

「もっとちょくちょく、顔を出してよ」

「東京はどっちかっちゅうと苦手ですねん。すんまへんなあ。ほな、場所だけ使わせて貰うてよろしいか」

「どうぞ、ゆっくりしていってくださいな。お湯は、そこに」

奥さんは、庭のガーデンテーブルをさした。マイコン電動ポットが載っている。

「おおきに」

止める間もなく、献花のお古がちゃっかり、居心地のいい席へと変わっていった。

よろず屋は、田辺をベンチに掛けさせ、いったん車に戻り、手つきの竹籠を携えてきた。

「さ、お弁当使わせてもらいましょか」

布袋が二袋、竹籠から取り出され、田辺には、そのうちの一袋が渡された。よろず屋は折り畳まれた黒い紙状のものを袋から出し、卓上に広げる。ランチョンマットふうになった。続いて、布巾にくるまれた椀《わん》があらわれた。見れば、椀の内側に、大きさの違う椀が幾重にもスタッキングされている。

見よう見まねで、田辺も同じように、黒光りのするランチョンマットと椀を出してみる。漆塗《うるしぬ》りらしい椀は、五枚重ねであった。対《つい》の箸《はし》に匙《さじ》、篦《へら》までが揃っている。

「驚いたなあ。いつも、こんなの持ち歩いてるの」

「便利なもんでっしゃろ。どこへ行っても、これだけで済みまっせ」

竹籠からは、魔法瓶、紙包み、竹皮包みなどが次から次へと出てきた。椀のそれぞれに、何やら取り分けられてゆく。いちばん大きな椀には、魔法瓶から出したお粥《かゆ》。続いて、二つめの椀には竹皮包みから味噌が出され、ポットからお湯を注げば、味噌汁のできあがり。続く二椀には、ずいきの煮物、とりどりの漬物と塩昆布。

あっけに取られて見ているうちに、一汁三菜、朝餉《あさげ》の膳となった。

「始まってるわね」

奥さんが茶を運んできた。

「私もお相伴《しょうばん》していいかしら」見れば、トレイには自分のぶんの汁椀と箸を載せてきている。「ダイエット中だから、味噌汁だけ、ちょっとね」

「あれま。ほんまにしっかりしとりますなあ」

おっちゃんは、軽口を叩きながらも、嬉しそうに取り分けた。

「さ、急いで上がりいな。あまり時間がおまへんさかい」

「また、すぐ発《た》つの」奥さんは肩をすくめる。

「そうなんですわ。おかげさんでぼちぼち、何やかやありますねん」

「せっかちねえ、いつも。ゆっくりできるんなら、私も何かご馳走《ちそう》出せるのに」

話のあいまにも、おっちゃんの手はすばしこく動き、紙の小袋から取りだした何かの実のような粒を、皆の汁椀に、そっと落とし込んだ。

「さ」

促されて、奥さんが真っ先にひと口する。つられて、田辺も。

と、一瞬のうちに、田辺は椀のなかに耽《ふけ》った。眼を瞑《つむ》る。味の記憶が呼び覚まされてゆく。匂い立つ涼味に刺激された。どこかを遡《さかのぼ》れば、旧知の味に至り着きそうなのだ。反芻《はんすう》して眼を開く。自然に、口の端に唾液がにじんだ。立て続けに飲みきる。

「うーん、香ばしい。何なの、この味噌は」

奥さんが唸る。

「鯛の焼いて毟《むし》ったのを混ぜた、炙《あぶ》り味噌ですわ。持ち歩きにはもってこいでっしゃろ」

「吸い口がたまらないわ。これ山椒《さんしょう》なの？」

「京の鞍馬の、実山椒《みざんしょう》。わし、こいつと一緒に旅してますねん」

「スパイスを携帯しているってこと？」

「ま、そないなもんかもしれまへんけど、車にな、鞍馬生まれの山椒の植木積んで、むりやり全国連れ回してますのや。えろう働いてくれまっせ。三月頃からは木の芽でっしゃろ。端午の節句の頃には花山椒」

「山椒って、花も使えるのかしら」

「せいせいするような香りですやん。梅雨の頃には目にも楽しい青山椒、暑うなってきたら、ひりりと実山椒。けったいなことに、暦に合わせて生《な》りゆくままに使うてますと、汁がぱっとしてきまっせ。葉も佃煮になりますしなあ。そういえば、田辺はんのお庭にも山椒が植わってましたな。あのまま置いておけば、割山椒《わりざんしょう》になりまっせ」

「割山椒……、こっちではあまり聞かないわね」

「実山椒を収穫せずに放っておきましたら、木についたままの実が乾いてな、はじけますのや」

「あら、もったいない」

――そうか。妻は味噌汁に吸い口を入れていたのか。

田辺はいまさらのように気づいた。採集していた妻がいないせいで、実がついたままになっているのだ。

「どうも、私が無精なもんで……」

田辺はもじもじといいかけたが、よろず屋の明るい声に遮《さえぎ》られた。

「奥さん、逆でんがな。割山椒ちゅうたらな、めでたいもんとされてるんでっせ。種がぎょうさん、四方八方に散りまっさかい、家の繁栄の象徴なんですわ。はじけた実を挽《ひ》いたんが、粉山椒《こなざんしょう》やし」

「そうなの？　聞いてたら欲しくなってきちゃった」

「幸運にあやかった、割山椒ちゅう食器もあるんですわ。はじけた山椒の形してて、いいもんでっせ」

「それも初耳だわ。変わってるのねえ、あなた。だいいち、折敷《おしき》や応量器《おうりようき》を持ち歩いてるなんて」

奥さんがいったことが、田辺にはつかめない。よその国のことばを聞いているようであった。

「何ですか、その〝おしき〟とかって」

「あなたも敷いてるそのランチョンマット。禅宗の僧が食事するときに使うお膳がわりなんですって」

「お坊さん方は、〝鉢単《はったん》〟と呼び習わしてはりますわ」

「何でできてるんです？　油紙ですか」

「油紙に漆を塗って、水にぬれても構わんようになってますのや」

「入れ子になってるお椀は、分量に応じて盛りつけるから〝応量器〟。お箸、お匙なんかも、修行僧が持ち歩いていた一式のうちらしいわよ」

「もとはお寺さんのもんやさかい、いろいろ決まりがあるらしいでっけどな。わしらみたいに行脚《あんぎゃ》しとる者には、これだけで用が足りて重宝なんですわ、あ、お代わりどないです」

よろず屋はすでに三度ほど粥をよそり、早くも食べ終えている。

「腹八分目にしときましょ。なあ」

田辺は、またも吹き出しかけた。どう見ても、このおっちゃんは、人より食べている。食事を済ませると、庭先の洗い場を拝借し、器を拭《ぬぐ》って袋に収めた。

「ほな、有《あ》り難《がと》さんでした」

「今度こそ、ゆっくりしていってよ」

「また寄らせて貰いまっさ」

奥さんの弾んだ声に送り出され、車に戻りながらも、竹籠と空のバケツを提げたよろず屋は、ブツブツと呟《つぶや》いている。

「東京は、車駐《と》めとけるとこが少《すく》のうて、ほんま、難儀《なんぎ》しますわ……」

四

車は東北道に入り、宇都宮のサービスエリアで、待つこと小一時間ばかり。

——到着が、早すぎたのではないか。

「すれ違いだけはあきまへん。分秒の勝負でっさかい」

田辺があくびしているのをよそに、よろず屋は、入ってくる車を注視している。

「あ、あれや。ついて来ておくんなはれ」

二トン車三台が、ひと塊《かたまり》になって入ってきたかと思うやいなや、おっちゃんは、凄い勢いで走り出してゆく。何が何やら分からないまま、田辺も小走りで追う。

前後して、例の二トントラックからも、人影が飛び出してきた。こちらに向かって来るのだろうか。いや、違う。一目散にトイレに向かっている。見れば、なんと、よろず屋のおっちゃんも、トイレに駆け込んでいった。

「丸山はん」

「おう」

二トントラックのまとめ役らしい男とよろず屋は、互いを認め合うなり、隣り合った小用ブースを使った。用を足しながら話を始める。眉をひそめながらも、田辺はぽつねんと傍《かたわ》らで待った。

「こちらは、お客はんの田辺はん。田辺はん、こちらは丸山はんでっせ」

よろず屋がいい、田辺も憮然《ぶぜん》としながら会釈する。

「花のありかをご存じの方ですか」

「そうです。こんちは。慌ただしくてすいません」

田辺に向けてはそれだけをいい、男はおっちゃんと話しはじめた。

「例のものは、持ってきてくれるんだろうな。場所はそれと交換だ」

「わかってまんがな。ほな、先に行っててておくんなはれ。それから、タネは分けといてくれはりましたか」

「うん。準備してある」

用足しをそそくさと終えると、丸山はまたも駆け出し、自分のトラックに全速力で戻ってゆく。おっちゃんも続いて走る。田辺も遅れて走る。

ぜいぜいと肩を動かし、田辺がトラックまでたどり着いたときには、丸山が荷台から、よろず屋の足元に、麻袋を二袋、投げ落としているところであった。

「じゃ、例の駅前で待ってるよ」

丸山は、いう間も惜しそうに運転席に乗り込み、エンジンを始動させた。

「ぼちぼち追いつきますわ」

丸山に、おっちゃんが手を振った。二トントラックの連隊は、つむじ風のように走り去っていった。

田辺はきょとんとしている。

「何であんなに急いでいるんだい」

「丸山はんは、養蜂家なんですわ」

「養蜂……。あ、蜂か。けど、それが何で、こんなところに」

「昔ながらの移動養蜂家ですねん。そういう人も、いまはだんだん少のうなってますのやて」

「移動って、蜂を持ち歩くっていうの？」

「古来、あることですのや。花の命は短うおまっしゃろ。蜂は、花がしぼんでしまえば次の季節の花を追って渡り歩く」

養蜂家は、その習性を利用し、各地をめぐって旬の花を求めて歩く。丸山の本拠地は岐阜と北海道にあるが、実際には花の季節に合わせて蜂を連れ、動いている。上質の蜂蜜が採集できる花を追いかけてゆくのだと、よろず屋はいう。

「丸山はんの場合は、四月末までは九州の八女《やめ》で、れんげ草や菜の花の蜜を採《と》ってるそうでっせ。五月には長崎で、蜜柑《みかん》の花蜜を採り、六月からは岐阜の山あいで栃《とち》の花蜜。いま頃は別行動隊が北海道でアカシアの蜜も採っているそうや。けど、丸山はんの隊は、秋田へ移動中でんねん」

「蜂蜜に、そんなに種類があるんだっけ」

「桜やら百合やら、林檎《りんご》やらの蜜もあって、女性には評判でっせ。けど、味が上等で、高いのちゅうたら、昔かられんげ草やね。次はアカシアやろか」

「田んぼのれんげ草か。雑草みたいなもんじゃないか」

「昔はどこでも、田植えの前までは田んぼがれんげ草であふれんばかりやったけど、いまは見つけるのが大変だそうですわ。養蜂家も採集地探しには、苦労してはりまっせ……」

「で、何でまた、あんなにバタバタしてるの。休憩もそこそこという感じだったが」

「荷台の温度が上がると、蜂が死んでまうんですわ。氷柱を何十本も積んで走ってますねん。走りの風で、巣箱が冷えとる。せやさかい、長いこと止まったらあきまへんのや。なるたけ休まんと、運転を交代しながら終点まで走るんですわ」

「それで、先に行っているといったのか……」

りそうだ。田辺も手伝った。

「さ、行きまっか」

丸山が投げ落としていった袋を、おっちゃんは担《かつ》ぎ上げた。ひと袋が二十キロはありそうだ。田辺も手伝った。

「これは？」

「れんげ草のタネですわ」

これまた後部座席に荷を詰め込んで、よろず屋の車も走り出した。

「れんげ草の種なんか、どうするの」

「ちょっとした手助けですねん。蜜の採集地を殖やそうとしてますのや」

「そういえば、れんげ畑を見かけなくなったなあ。何でなんだろう」

「米の植え付けが早くなったせいやとか」

「それはまた、どうして」

「れんげ草は、そもそも田を肥やすために播《ま》かれるもんだったんですわ。成分に窒素《ちっそ》が多いとか何とかで、よう分かりまへんけど、イネの栄養分になる草やそうでっせ」

花が咲き終わると、れんげ草を水田に鋤《す》き込む。これが肥やしになる。そのあとが田植えの時期であった。ところが、いまは化学肥料が主流となり、植え付けの時期が早くなってきた。れんげ草が腐敗し、熟成するまで数週間待つことをしなくなった。

いきさつを聞いて、田辺はため息をついた。

「そんなことがあったのか」

「ところが、いまは自然志向でしょ。れんげ草は、肥料になるうえに除草効果が高うて、化学的な除草剤減らせるんやそうです。土が疲れないのやて」

「よく知っているねえ」

田辺は舌を巻く。

「ぜーんぶ丸山はんの受け売りですわ。〝れんげ草いうたら、移動養蜂家の命綱みたいなもんや。少しでもれんげ草を植えてくれる田んぼを増やしたい〟いうてましたで……。で、種を持ってきてもらいましたんや。丸山はんにしても、条件のいいれんげ草畑持っとくことは、財産になるんですわ」

「つまり、こういうことかい」話の流れから、田辺は推察した。しだいに、頭が勘を取り戻し、冴えてきた。「美保子が見た花というのは、あの養蜂家が極秘にしている、蜂蜜採集の花畑に咲いている。それも、独特な花なんだろう？　杏《あんず》とか、特殊な蕎麦の花とか」

「さすがですなあ」

「誰かに花の存在を知られれば、養蜂家のあいだで、場所の奪い合いになってしまう。だから、とくに行き方を秘した……」

「ご名答ですわ。六月ごろからお盆までは、どこで何の花蜜を採集するかが、難しいと聞いてまっさ」

夏に咲く花といえば、何だろう。田辺には花の名が思い浮かばない。

「丸山さんは、ほかにもひっかかることをいってたね。場所を教えるかわりに……とか何とか。交換条件があるの？」

「そうなんですわ。あの人、気晴らしの一献が大の楽しみ。盃が欲しい、いうてきとりますんや」

「盃？」

「その注文が難しゅうて。あの人もなかなかの趣味人ですわ」

「高いものかい」

ここまで来たら、盃にかかる出費くらいは出すつもりである。

「値段はコミコミでっから。わしに、ちいとばかし、あてがあるんですわ。道々、取りに行きまっさかい」

五

車は、郡山《こおりやま》から磐越道《ばんえつどう》に折れ、さらに北陸道を南に下った。

「ちょっと寄り道させて貰いまっさ」

インターチェンジを降りて、米どころといわれる魚沼《うおぬま》あたり。田地のなかを縦横無尽に走り、目指す集落に入ってゆく。

――果たして、例の調子でどこかで昼飯でも食うのだろうか。

立ち寄り先は、農家であった。よろず屋は種入りの麻袋を肩に担ぎ、またしても勝手知ったる様子で玄関を素通りし、ずんずんと庭に入ってゆく。田辺はもはや、なされるがままについていった。

「まいどっ。お届けものでっせ」

母屋《おもや》の縁側で、声を張り上げる。しばらくすると、座敷の奥から男の声が返ってきた。

「そんなら、納屋《なや》に回っといて」

「はいな」

よろず屋は声の指示に従って納屋らしい倉庫に回る。長靴履きの青年が母屋から出てき、麻袋を見てよろず屋に向かい、親指を立てた。小さなガッツポーズだ。

「手に入ったの」

「福岡は八女の、上物でっせ。依怙地《いこじ》なおっさんのタネで、有機もんや」

「よっしゃあ」

「ほな、出かけられまっか」

「オーケー。ちょっと待ってて」いうと、いったん母屋に戻り、青年はビニール袋を提げてき、よろず屋に渡した。「これ、飯《めし》と茶」

「すんませんなあ、おおきに」

「じゃ、すぐ車出すわ」

「わしが先導しまっさかい」

車に戻って待つうちに、納屋のシャッターが開き、一トントラックが出てきた。荷台には、ワラの山が堆く載せられている。

よろず屋が車を出すと、トラックがついてきた。さっきの青年がハンドルを握っている。

「どういう案配になってるの」

後続車を振り返り、田辺は目を瞬く。

「あの子は、コシヒカリのれんげ米作《まい》っとりますねん」

「……れんげ米？」

「れんげを鋤き込んだ田の米は、いまじゃ稀少で〝れんげ米〟ちゅうて、甘うておいしいと評判ですのや。あの子は凝《こ》り性《しょう》で、有機でしてはる。ところが、今年、外来の害虫がはびこって、タネが採取される前のれんげ草が食い荒らされてしもうた」

「じゃ、丸山さんのタネはうってつけだったわけだ」

「かわりにワラをくれまへんか、いいましたら、ぎょうさんある、ちゅうて」

青年に貰った弁当は〝れんげ米コシヒカリ〟の握り飯で、田辺は旨みを堪能した。

車はまた北陸道に乗り、ぐんぐん南下してゆく。

「方角が逆じゃないの」

秋田方面なら、行き先は北だ。

「いろいろ野暮用があるんですわ」

トラックを引き連れたまま、金沢までやってきた頃には、日が傾き始めていた。

市中まで入らぬうちに、次の目的地にたどり着いた。構えは小さな工場のようだが、看板はない。それにしては倉庫が大きい。敷地内の広々とした空き地に車を駐める。ドリブルで遊んでいた十歳前後の子に、よろず屋は声をかけた。

「お父はん、いてはりまっか」

子どもに呼ばれて出てきたのは、作務衣《さむえ》に厚手の木綿の前掛けをしめた、マスク姿のぶっきら棒な男であった。四十前後か。

よろず屋は、トラックに積まれたワラをさす。

「社長はん、めっけてきましたで」

社長と呼ばれたマスク男は、むっつりと、検《しら》べるように荷台を見た。

「下ろしてくさんせ」

言葉少なである。

「はいな」

ワラが下ろされる。マスク男の目は、ワラに吸い付いて離れない。

「どっからおいでた」

ぽつりと呟く。しきりにためつ、すがめつしている。

「魚沼からや。お気に召したみたいやん。こっちが、このワラ作ったお人ですわ」

れんげ米青年とマスク男は、互いを確かめ合うように見交《みか》わした。

よろず屋は催促した。

「ほな、そういうこっちゃ。わし、急いでまっさかい、あれだけ持ってきてくれまへんか」

マスク男は、むすっとした表情で、いわれた通り踵《きびす》を返した。そのすきに、よろず屋のおっちゃんは、れんげ米青年に耳打ちしている。

「ここは覚えときなはれ。次のときにはあんたのワラに値段つけてくれると思いまっさかい」

マスク男は竹の編籠《あみかご》を提げてき、よろず屋は受け取って相好《そうごう》を崩した。

「おおきに。ほな、また来まっさ。お後はよろしゅうに。さ、行きまっせ」

田辺は促され、車に乗り込む。よろず屋は編籠を後部座席に載せた。

「魚籠《びく》かい、それは」

「見事なもんでっしゃろ」

よろず屋はいうが、田辺には単なる竹籠に見える。

「あの社長さんとかっての、ワラを集めてどうするの」

「あそこはな、畳床《たたみどこ》の専門の家ですねんわ」

「畳屋か。いや、だけど、畳表なら、材料はイグサだろうに」

「あそこの家は、表までは手がけてまへん。代々、畳床の誂《あつら》えだけを受けてます。本式の畳床ちゅうたら、ワラや。そのワラも、ええのはいまどき手に入りまへん。その点、あの子のれんげ米のワラは、もの凄うしっかりしてまっせ。手がかかってるもんは、何にせよ、ずば抜けとるん違いまっか」

「そんなに違うのかねえ」

ワラの出来ぐあいなど、田辺はこれまでに一度も考えたことがない。無縁の世界であった。

「踏みごたえも締まりも大違いやと。金沢は芸事《げいごと》が盛んでっしゃろ。数寄屋《すきや》だのお茶室だの、畳にこだわるお家も多うおまっせ。あの社長はんとこは、茶道の家元はんに別誂《べつあつら》えの注文受けはって、特上のワラを捜してはりましたんですわ」

「特上といったって、ピンとこないな」

「今日納めたあの丈夫なワラを、このあと一年は寝かすんでっせ。ゆっくり乾かして、畳床にします。そうしないと、畳になってから、エアコンなんかの影響で縮んでしまうんですわ。変なもの使うて、畳縁《たたみべり》がスカスカになってたら、お弟子さんたちに示《しめ》しがつきまへんわなあ」

「ふむ」

田辺は唸る。蜂蜜から特上の畳床まで、すべてに通底する何かがあるという気がした。昔ならいざ知らず、いまやアナザーワールドに変貌しつつあるどこぞの国の手ざわりが。

「で、さっきのワラが魚籠に変わった。おたく、わらしべ長者か」

「ま、そないなもんかもしれまへんなあ」

よろず屋はあっさりといい、夕闇のなか、車をさらに南下させてゆく。

川音だけが聞こえている。

福井の山中を経巡《へめぐ》る頃には、緑の彩りも見えなくなっていた。

よろず屋は、川縁《かわべり》で車を駐めた。人里離れ、車通りもない、渓谷沿いの細道である。

「ここにいてはると思いまっさ」

なるほど、車寄せにはミニバンが一台駐まっている。先客がこのあたりにいるのであろう。

車を降り、細流のほうへ下るか、呼ばわるかと思いきや、よろず屋は流れのほうにヘッドライトを向け、点滅させる。

五分ほど続けただろうか。

見上げる梢《こずえ》のあたりに、小粒の光が瞬《また》いた。かと思うと、光が流れた。ひとつ……、またひとつ。

――蛍。

久しぶりに目にした。四、五十年ぶりだろうか。田辺は光芒《こうぼう》を追う。

車の明かりに惹かれ、蛍がほろほろと寄ってきたのとほぼ同時に、川のほうから人影が上がってき、こちらを見定めていう。

「あ、兄《あに》やん。おいでたか。お久しぶりやあ」

「お晩《ばん》ですぅ。蛍見とったんか」

よろず屋は返す。

「もう終わりやね、ぼちぼち」

寄ってきたのは、中老の男である。切れの鋭い目が光る。上下作業服で、体に川霧のしみたような匂いがまつわっている。

「手に入ったんやね、例の」

「お待《ま》ち遠《どお》さん」

よろず屋は、魚籠を男に手渡した。

「こりゃ、申し分ないわ」

男は笑窪《えくぼ》を浮かべた。歯の白さが、暗がりのなかで目立つところからすると、かなり日に焼けている。

「ウチのほうに、飯の支度させてますんや」

「ほな、ご馳走になりましょか」

近くに住居があるらしく、こんどは男が、よろず屋の車を先導した。田辺は興味津々である。

「今度は、何に変わるんだい。あの彼は、どうせ釣りマニアなんだろう？　魚籠をやったら、何をくれる」

「石ですやん。このへんの名産で、桜色してる、きれいなもんでっせ」

「もちろん、あの魚籠にはいわれがある。ただの魚籠ではない……」

ナレーション調の声色を使って茶化すほど、田辺も気乗りしてきている。

「田辺はんも、こなれてきはりましたなあ」

よろず屋は苦笑した。

「おっしゃる通りで、あの魚籠は、竹芸界の第一人者の手になるものなんですわ。畳床を注文した茶道の家元はんが、贔屓《ひいき》にしている職人はんに特注しといてくれはりましたのや」

「マニアックだねえ」

ミニバンの男の住まいは、山あいの小さな茶屋であった。すでに営業は終わっているが、奥にはほのかに明かりが見える。表まで漂ってくるコーヒーの香りに、ほっと和《なご》んだ。

店の前の空き地には、大小の石がむき出しのまま、むぞうさに転がっている。木の根のようなものも、山積みにされていた。

「あの石、取っといてくれはった？」

「車に積んどきましたわ」

ミニバン男が応じる。

「ほな、飯済ませたら、腹ごなしに、もうひとっ走りしまひょ……」

よろず屋は、当然のようにいう。今日はさすがにこれで打ち止めかと踏んでいた田辺は、目をむいた。

六

「お早うさんです」

ふと気がつくと、朝であった。

車のなかにいた。日よけのあたりに、鮎の干物がぶら下がっている。

思い返せば、昨晩、茶屋で川魚や山菜飯をふるまわれたあと、再び車に揺られ、次の目的地へと向かううちに、うとうととした。

茶屋のマスターは、石が積んであるという幌つきのトラックを出し、よろず屋のあとを追走してきていた。彼は茶屋を営む傍ら、あの山いったいで産出する石の卸しをしていると聞いた。

そこまでは覚えている。

よろず屋は、頃合いの風干《かざぼ》しになっている鮎を取り込みながらいう。土産《みやげ》にと、石屋から持たされたものだ。

「慣れないことで、お疲れでしたんやなあ。どないしても起きはらしまへんさかい、ここでお休み願ってましたんや」

「どこまで来たの」

田辺は伸びをする。見回せば、湖のほとりである。白鷺《しらさぎ》が低空をよぎっていった。

「松江の近くですわ。宍道湖《しんじこ》の北岸や」

なんと、島根県まで降りてきていた。

「石屋のあの人は？」

幌つきトラックは見あたらない。

「朝早うからひと仕事しはって、帰らはりました」

「ずいぶん遠くまで来たもんだ」

「そろそろ戻りまへんと、時間がおまへんな。ブツを頂戴しにいきまへんか。用意できとるそうでっさかい」

「石と交換の品か」

車から下ろされ、あくびをしながらよろず屋の後をついてゆく。

歩いているうちに、気づいた。湖岸と個人宅の庭が、ひと続きになっているのだ。

低木の植え込みを境に、広く開けた庭園に出た。その庭のなかほどに、誰かが仰向けに寝そべっている。

「どないです、寝心地は」

よろず屋が、からりと声をかける。

白ひげを生やした老爺《ろうや》が半身を起こした。

「頃合いなもんや」

「ほな、約束のもんお願いできまっか。急いでまっさかい」

老爺は腰を上げた。「もう去《い》ぬんか。何やら忙《けわ》しいのう。ほんなら持ってけ」紐のかかった桐の小箱が、懐《ふところ》から取り出された。

「おおきに。ほな、お体お大切にぃ」

拍子抜けするくらい、あっけないやりとりであった。踵を返しながら、よろず屋は田辺に耳打ちする。

「石、見はりましたか」

「え」

「あの爺さまが寝ころんではりました石、例の石屋はんのですねん」

「……あ」

田辺は慌てて振り返る。想像していたより、遥《はる》かに大きな石である。重機なしでは運べまい。すでに庭にぴたりと納まっているところからすると、石屋は本当に、朝飯前に本格的なひと仕事をしたらしい。

「凄いな。石というより岩じゃないの」

「湖畔眺めながら昼寝のできるえーえ石が欲しい、言わはりましてな。仕事のあいまに、目ェ休めるんですと。そないに毎日毎日根《こん》つめてはるわけでもないやろに。ものつくりちゅうたら、まーあ小難《こむずか》しいこと、いろいろ言いますねん」

老爺の職業は、指物師《さしもの》であるという。

「あの爺さまは、いま如泥《じよでい》はん、いいまんねん」

「今《いま》さん？」

「違《ちや》う違う。昔、小林安左衛門――号は泥《どろ》の如《ごと》しと書いて〝如泥〟――なる名高い指物師が、松江の大工町にいてはりましたんや。その如泥が再来したかと見まごうほどの腕を持ってまっさかい、あのお人は、現代《いま》の如泥はん、いわれてますのやて」

車は、北を目指して走り始めた。

「如泥はんっちゅうお人には、数々の語りぐさがありましてな。よく知られている話には、鼠比《ねずみ》べがありますねん」

よろず屋は、楽しげに語り始めた。

――江戸時代のこと。藩主の命で、細工物の名人二人が、技の優劣を競わされた。本物そっくりの鼠を作れといわれ、如泥とお抱えの彫物師が、めいめい腕をふるった。が、いずれも甲乙つけがたかったため、判定は、猫に任された。猫は、放たれるとまっしぐらに如泥の鼠に突進し、ひっさらうようにくわえて去った。如泥の勝ちであった。だが、それもその筈で、よくよく見れば、如泥が細工に使った材は何と、極上の鰹節《かつおぶし》であった……。

「その如泥はん、酒には目がなかったようですわ。号かて、酔うと泥の如くに潰れはったことから取ったともいいまっさかい。いつも懐には携帯用の盃を入れてはりましたそうや」

「……じゃ、さっきのがそのときの……？」

大事そうに後部座席にしまわれた木箱は、盃にふさわしい大きさであった。

「いや、如泥の盃は残ってません。話が伝わっているだけで、本当かどうかもわかりまへん。幻のようなものや。その木箱のは、いま如泥さんが、言い伝えをもとに新しく作った盃ですのや……」

＊

ついに、その時が来た。

養蜂家の丸山の前で、よろず屋は紐を解きはじめた。

丸山は息を詰めている。田辺も固唾《かたず》をのんだ。

慣れた手つきで、よろず屋は盃をくるんでいる鬱金《うこん》の布を開いた。

ふーっ、と、丸山の太い息が洩れる。

が、田辺はわが目を疑った。さぞかし瀟洒《しょうしゃ》な、足つきの木製盃でも出てくるのだろうという期待は外れ、なかから現れたのは、幾枚かの薄い板きれではないか。よろず屋が、とろりと艶めく板の一枚一枚を卓上に並べてゆく。細かな模様が彫ってある板きれが、五枚あった。

田辺には、ことの次第がわからない。ところが、丸山は唸っている。

「……さすが、いま如泥作だ」

丸山の目には賛嘆の色がある。

よろず屋は板の並べ方を変えて見せた。しだいに、何かの展開図のように見えてくる。はっとする間もなく、よろず屋の手で板はすばやく組み立てられ、次の瞬間には、一個の枡《ます》のようになっていた。

「話に聞いた通りだ。これこそ、かの幻の盃……」

丸山は顔を上気させている。手に取った。枡に水を注いでみる。接着剤もつかっていないのに、仕口《しくち》がきっちり嵌《はま》って、ひと筋も洩れない。飲み干して、布巾《ふきん》で水気を拭い取る。湿り気が消えないうちから、解体も容易であった。指物師の技が冴えている。嵌め込みの部分は信じがたいほど軽い力で外れ、枡は五枚の板に戻った。

「粋《いき》なもんやねえ」

よろず屋も頬《ほほ》を緩《ゆる》める。丸山は、子どものような笑顔を見せた。

「如泥は、懐に四六時中この五枚の板をしのばせていて、いざ酒席となれば、さっと組み立て、呑んだそうだ。それがやってみたかったんだ……」

「約束は、果たしましたで」

「……いまだからいうけど、盃が手に入らなくても、例の場所は教えようと思ってたんだ。亡くなった人の望みだもんな」田辺のほうを見やり、丸山は呟いた。「けど、おっちゃん、凄腕だな。どんなコネがあったんだい。松江のいま如泥さんは、新作なんかほとんど引き受けてくれない人だ」

「そら、わしの人徳《じんとく》でんがな」

よろず屋はうそぶいた。

「ま、いいさ。地図を取ってくる」

丸山が席を外してしまうと、おっちゃんは田辺に目くばせし、いたずらっぽく舌を出した。

「あんたはんも、内緒でっせ」

「何を？」

目の前で起こったことにあっけにとられていた田辺は、生返事をした。

「……丸山はんにタダで貰《もろ》うたれんげ草のタネが、幻の盃に化けたとわかったら〝何《なん》や、あほらし……〟いうことになりまっしゃろ。わしも、ばつが悪いやおまへんか」

七

再び、破裂音がした。

――そうだった。

田辺は、はっきりと思い出した。

如泥の盃とひきかえに、おっちゃんは名花のありかを手に入れた。

花は夜明けまぎわが見頃だといわれ、深夜に出された車のなかで、またいつのまにか睡《ねむ》っていた。

「あの音は……？」

いいながら、車の外に体を出しかけた田辺は、色彩に圧倒されてのけぞった。背丈を遥かに超えようかという葉叢《はむら》の青。あわあわとした漏斗《ろうと》状の葉を、長い葉柄《ようへい》が支えている。

――沼だ。

蓮沼のほとりにいた。

緑の明暗が交錯するなかに浮遊するのは、ほどけかけた花ばかりである。遠く近くに、蕾《つぼみ》が身をよじっていた。

土や水の匂いと混じった藻の匂い。うごめく命。ひとつ、またひとつと、内部にためた力を振り絞るように、花弁をふりほどこうとする。ついにぽくりと蕾が破れた。人里離れた一面の沼に、白蓮《びゃくれん》の花がはじける久遠《くおん》の音が響く。

——これが。

亡くなった妻の憧れていた世界だったのか。身震いをした。泥のなかから、合掌のような形の蕾が頭をもたげてき、やがて空を鮮やかに破る。それは、田辺の憧れていたものに似ていた。

——ぼくらは。

田辺は青年に戻っていた。妻も彼女に戻っていた。

——ぼくらは美しい世界にいたんだ。そして、君も……。

果てしない時間が経ってゆく。いつまでも、いつまでも。

花の残像が、瞼《まぶた》の裏に焼き付いた。

日が昇っていった。

「田辺はん」

おっちゃんに呼び醒まされて、半覚半睡の須臾《しゅゆ》が去った。

「何か聞こえてまっか？　わしにはなにも聞こえまへんけど」

田辺は無言であった。


帰る道々、昂揚はさめやらなかった。しかし、田辺は黙っていた。黙りながらも、おっちゃんと話したいことが、山のようにあると思っていた。

「朝風呂、もらってゆきまへんか」

山懐《やまふところ》で、ワンボックス・カーは無舗装の間道《かんどう》にそれた。かと思うと、突き当たりは袋小路になっており、よろず屋は草堂めいた旅籠《はたご》の門前に車を駐める。柴《しば》の門に、洗い晒《ざら》された麻《あさ》暖簾が涼やかであった。

「ここに、立ち寄り湯がありまんねん」

瀟洒な前庭を、おっちゃんは構《かま》わずにゆき、人気のない上がり口で声を掛けながら、ロビーに入った。

「まいどっ。貰い湯しにきましたでェ」

何やらよい香りがする。板張りの床《ゆか》は飴色《あめいろ》に艶めいて、土足で踏みゆくことがためられるほどに磨き上げてある。

客の姿はなく、帳場にも誰もいない。

「ちいとばかし待っといてください。車動かしてきまっさかい」

所在なく、田辺はゆったりしたソファに身を沈めて待つ。

少しのはずの待ち時間が、五分になった。十分。まだ戻らない。

——遅いな。

様子を見に戻ろうかと腰を浮かしかけたとき、奥のほうから、物腰のしっとりとしたきもの姿の女性が飛んできた。

「まあ。ようこそ。田辺さまでいらっしゃいますね。女将でございます」

「はあ」腰が落ち着かない。

「先生から仰《おお》せつかりました。さ、お部屋にどうぞ」

「いや、私はただ、立ち寄り湯を使わせて貰いに……」

「勿論ですわ。お部屋でおくつろぎ下さいませ。お荷物は、運ばせておきましたから」

「いや、しかし……」

「あ、そうでした」女将は胸に抱くようにして持っていた封筒を差し出す。「先生からのお預かりものです」

首を傾げながらも、いわれるままに見れば、帰路のチケットが入っていた。

「じゃ、よろず屋さんは……？」

自分をとり残して、立ち去ったというのだろうか。田辺は、狐につままれたようであった。

ふ、く、ふ……と、女将は眉を忙しく動かし、押さえきれないように笑い始めた。

「いやだ。あの方、また妙なキャラクターになりすましていたのね……。それで、消えちゃった。よくあることですわ。〝よろず屋〟なんて、考えたものねえ。どことなく、そんな感じもぴったりくるから不思議なんですけど。あの方は、佛々堂《ぶつぶつどう》先生です」

「――ぶつぶつ堂？」

「関西屈指の風流人ですわ。諸芸全般に通じ、知る人ぞ知る数寄者《すきしゃ》で、趣向を凝らした遊びが大好きなんです」

仏のような人だから、佛という字をあてたという説もあれば、ブツブツ文句をいう御大を揶揄《やゆ》した呼び名という説もある。

女将はむせび笑いをしながら明かした。

「わ、私には、何が何やら……」

そういえば……と、嵐のように過ぎ去った二泊三日を振り返る。思い当たる節は、多々あった。

「いいじゃありませんか。田辺さまも、先生の楽しいお芝居に最後までつきあってお上げになったら？　さ、お風呂をどうぞ。先生からの、とっておきの趣向だそうです」

女将に案内されるままに、浴衣に着替え、田辺は宿自慢の湯に連れられていった。

〝極楽〟

掛け札にそう大書《たいしょ》された湯殿《ゆどの》の扉を開く。目前に開けていたのは、湯煙《ゆけむり》のなかに白蓮の群れがすくすくと活《い》けられた、岩の湯舟《ゆぶね》であった。

八

「ほんまのことをいいますとな……」

佛々堂先生は、気の置けない仲の美術商、知恩堂《ちおんどう》と茶菓《さか》を楽しんでいる。

「わし、あの蓮沼の場所を知りたかっただけなんや」

先生は明かす。

「それはまた、どういうわけで」

「彫刻家の秋海《あきみ》はん、ご存じでっしゃろ」

美術に通じた知恩堂には、知るも知らぬもない。水上《みなかみ》秋海といえば、押しも押されもせぬ大家である。

「秋海はんが、どうしても捜したい未発表のブロンズ像があるといいだしましてな。それが、あの沼に埋まってる、いいまっさかい」

「ほう。それは耳よりですな」

水上秋海の作品なら、どんなものにせよ珍重される。

「秋海はんは、若い頃、女性の裸像に力を注いではりましたやろ。そのうちのひとつを、彼はモデルの女性に贈りましたんや」

「なるほど。じゃ、それが……？」

「そうや。田辺美保子はんや」

水上秋海は、田辺美保子に問い合わせたが、彼女からは、いずことも知れない東北の沼に像を沈めてしまったと応答があった。

「で、わしが捜しはじめたっちゅうわけや」

「けれど、どういうつもりなんでしょう。相当な値打ちの美術品を沼に沈めてしまうなんて」

「女心やろうね」

「……女心？」

「最も美しかった頃の自分を、白蓮の沼に睡らせた。美保子はんは、乳がんのオペをしはったさかい、なおさら、永遠《とわ》の夢を見たかったのやないやろか」

「で、そのブロンズ像は見つかったんですか」

「いや、捜すのは止《よ》したんや」

「え。なぜです」

「仏はんの遺志なら、そのままにしとこ、思いましてなあ」

「ふん」知恩堂は笑い飛ばした。「そんなきれい事で止すくらいなら、先生が手を出すはずがないでしょ」

「あんたはんには、お見通しでんなあ」佛々堂先生は苦笑する。

「秋海はんは、もし像が手に入ったときには、紫《むらさき》をぎょうさん、わしにくれはると約束してましたんや」

「――〝むらさき〟？」

「ツユクサによう似た、白い小花のつく草がありまっしゃろ」

「ああ、植物の紫ですか」

紫は、日本古来の山野草である。禁色《きんじき》とされるほど格の高かったいにしえの紫色は、この草の根茎を使って染められた。濃紫色を染めるには、赤みを帯びたこの草の根茎が大量に要る。

「昔は道ばたにいくらでもあった草やが、いまや絶滅寸前や。秋海はんちの広い庭には、それが、捨てるほど生えとる。なかなかしっかりした株や。それを分けて貰える約束やった。わしは、昔ながらの紫で、普段使いの風呂敷をたんと染めさせよう、思うてましたんや」

なるほど、佛々堂先生らしい目論見《もくろみ》があったのだ。

「普段使いにも本式の風呂敷とは、それこそ道楽極《きわ》まれりだ。でも、像がなければ話はオシャカですなあ」

「それがなあ。田辺はんのマンションの庭一面に、紫がありましてん。美保子はんは、ドライフラワーにもしてはりました」

「何ですって」

「確かに紫や。田辺はんは気づいてはらしまへん」

知らぬ人には雑草にしか見えない紫である。

「そやさかい、わては田辺はんと仲良うしとこ、思いましてな。美保子はんのご仏前に花と線香だけ上げるつもりで上がったのやが、あの花目あてにいろいろ方便《ほうべん》つかいましたんや。泥沼浚《さら》うのも面倒やし、像もそのまま沈めとくことにしましてん。秋海はんには、諦めてもらいまっさ」

「相変わらず、ちゃっかりしてますなあ」

知恩堂はあきれ顔である。

「それになあ。わし、何や切《せつ》のうなりましたんや。美保子はんは、もしかすると、秋海はんに昔分けてもろうた紫を育ててはったのやないやろか。庭にも蓮沼にも、青春時代の思い出ばかりとなれば、ご主人には、かなり哀切な話でっしゃろ……」

珍しく、佛々堂先生はふと真面目な顔になる。

「人生はいずれも、やりきれないもんや。誰かて、複雑なもん抱えとる。わてかてそう思うてます。けど、その気になれば、楽しみのタネかて、無尽蔵《むじんぞう》なんでっせ」

知恩堂は頷いた。

「蓮の風呂か……。私も極楽を覗き見たいもんですな。しかし、湯舟に活けても花は萎《しぼ》まないんでしょうかね」

「そら、平気の平左《へいざ》や。インド原産の蓮やから、温《ぬく》い水温には慣れてますねん」

「それに、薄明《はくみょう》の開花の音も、私らが夢にまで見る音でしょう。昔から文人墨客《ぶんじんぼっかく》は、蓮の萼がはじける音を聞きたいばかりに、朝に蓮見《はすみ》の舟を仕立てたという。ただ、音は幻だともいいますね。科学的実験によれば、音などしないとか……」

「さて、どうやろな。それよりも、丸山はんがこれ届けてきましたで。めったに手に入らんもんやが、極楽のお裾分けや」

〝採《と》れたて蓮《はす》の花蜜〟の蓋が、おもむろに開けられた。古雅な香りが漂う。花の音は本物だったか、幻聴か。あるいは作り物であったのか。佛々堂先生には、それはどうでもいいことのようであった。

朝風や　ぱくりぱくりと蓮ひらく

子規

縁起　秋

黄金波

一

「コラぁッ」

背中のほうから、凄《すご》みを利《き》かせた怒声が飛んでき、高久友樹《たかくともき》は背をこわばらせた。

逃げ出そうにも足がすくむ。見つかってしまったのだ。

漠然《ばくぜん》と、いつかはこんな日が来るかもしれないと思っていた。万が一のときは、自慢の俊足《しゅんそく》を活《い》かして樹林か藪《やぶ》に逃げ込み、その場をしのぐつもりであった。

町場とは違い、あたりは野であり山である。身を隠す場所は四方八方にある。繰《く》り返し通っているうちに、けもの道にも通じつつあり、追ってくる者を振り切る自信はあった。〝脱兎《だっと》の如《ごと》く〟と自分にいい聞かせながら、筋トレにも励《はげ》んできた。

が、いざ現実のこととなってみると、シミュレーション通りにはいかない。二足三足《ふたあしみあし》、後じさりしてはみたものの、白《しら》ばっくれることさえできなかった。顔を引きつらせて振り向くと、男が仁王立《におうだ》ちになっている。

逆光で、男の顔は見えない。頬被《ほおかむ》りにした手ぬぐいや、つば広《びろ》の麦藁帽子《むぎわらぼうし》が日を遮《さえぎ》って、まだらな影が顎《あご》のあたりに落ちていた。腰には鉈《なた》をぶらさげ、厚手の長靴《ながぐつ》と、いかにも野良《のら》仕事にふさわしい出《い》で立ちである。地元の自警団に所属しているのでもあろうか、がっしりした腰つきで、こちらの行く手を遮《さえぎ》ろうとする構えには油断がない。杖《つえ》代わりに手にしている太枝は、不心得者《ふこころえもの》を打ち据《す》えるのにも手頃だろう。

土つきの小型スコップを手にしたまま、友樹は立ちすくむ。

「すみませんでした……」

肩を落とした。

遊歩道からは大きくそれた、野深きあたりである。細心の注意を払い、人気がないことを、十分見計《みはか》らったつもりであった。

ところが、男は音もなくあらわれた。現場を押さえられては、言い逃れのしようもない。

「花泥棒はあかんでェ。自生地からの掘り取りちゅうたら、悪趣味や」

思いがけなく、男は関西弁である。友樹の左手は、植物の苗《なえ》を握りしめたままであった。

「……はい」

「兄ちゃん、高校生くらいやろ。いつも、こんなことしとるんか」

逡巡《しゅんじゅん》した。言葉が出ない。

「リュック、見せてみい。盗《と》ったもんは、戻すこっちゃ」

畳《たた》みかけられて、どうにでもなれとバックパックを渡す。

なかには、幾種類もの苗のほか、自分なりに工夫《くふう》した七つ道具や、用土が納まっている。

竹箸《たけばし》にピンセット、鋏《はさみ》、土を均《なら》すシュロぼうき、履《は》いたまま浅い水辺に入れる薄手のアクア・シューズ、何本ものミネラル・ウォーターといった用品をしげしげと見、男は呟《つぶや》いた。

「それにしても、この道具揃えは玄人《くろうと》はだしや」

珍《めずら》しいランや山野草を掘り取ってゆき、密売する者の話は、友樹も聞いている。ひょっとして、その手の者と見られ、地元の警察に引き渡されてしまうのだろうか。

——それだけは、困る。

友樹は下唇《したくちびる》をかみしめた。警察ざたになって親に知られることだけは、何としても避《さ》けたい。

友樹の持ち物を検《あらた》めるうち、男はしだいに、おやという顔になる。

「ふうむ」

男は首を傾《かし》げ、苗を確かめ、友樹が先刻まで屈《かが》んでいたあたりをちらと見る。

「もしかして……、あんた、盗っとったのやのうて、この苗、ここに植えとったん違うか」

図星《ずぼし》をさされ、友樹は口をつぐんだままながら、うんうんと小刻《こきざ》みに何度も頷《うなず》いた。

「何や。そうやったんか」

男の目が和《やわ》らいで難詰《なんきつ》の色が消え、あっという間に笑顔に変わる。バックパックが戻された。

いくぶんか落ち着いてみれば、相手は思ったよりも年配である。幾つくらいなのだろうか。自分の祖父くらいの年齢にも思えるが、それにしては体軀《たいく》がことごとく引き締まっている。

——山のおっちゃん。

こんなふうになれるなら、年を取るのもいいかもと、ふと思う。そんな場合ではないのだが。

「山野草、好きなんか」

問われたが、友樹は思い迷った。

「……たぶん」

「それでもな、兄ちゃん。そないに勝手なことしたらあかん。よそで生まれた植物持ってきて植えたら、現地の生態系壊すって、聞いたことおまっしゃろ」

こくりと頷く。

「そっちの罪かて、似たり寄ったりの重さなんでっせ。けど、ほんまいうたら、あんたには承知のことなんでっしゃろ？」

おっちゃんのいう通りであった。友樹はいつのまにか、草の風情《ふぜい》と野趣が好きになり、ウェブ上でもしばしば植物園やビオトープを訪れるようになっている。ごくごく初歩のマナーくらいは理解しているつもりである。とはいえ、なぜこのおっちゃんは見透かしたようなことをいえるのか。

納得がいかないという顔で見返すと、おっちゃんは即座に応じた。

「あんた、道々、セイタカアワダチソウを引っこ抜いとったやんか」

「尾《つ》けていたんですか」

——どこから見られていたんだろう。

セイタカアワダチソウは、引き抜いてもどこからも文句をいわれない草である。在来種の植生を乱すといわれる、北米原産の雑草であった。

山野を彩《いろど》るアキノキリンソウに見かけは似ているが、その生態は別物である。繁殖力が強いうえに、膨大《ぼうだい》な種を遠くにまで飛ばす。加えて、陣地の取り方があざとい。従来の草ものは、冬には茎葉《くきは》の枯《か》れるものが多い。茎が凍ると水を吸い上げられなくなるので、地上の分は枯らしてしまい、根に養分を回収し、土中で冬を越すのである。

ところが、セイタカアワダチソウは一枚上手である。冬場のうちは茎がない。葉だけになって土に付着し、直接水分をとりながら、地表をべったりと、くまなく覆《おお》い尽《つ》くし、陽光を独り占めしてしまう。確かに、生き抜くための便法《べんぽう》ではあるのだろうが、土のなかで待機しているほかの植物にはたまらない。セイタカアワダチソウの葉に日の光が冬中遮られることになり、とうとう春先になっても芽吹くことができなくなるのである。セイタカアワダチソウは、こうして日本各地に我がもの顔にのさばるようになった。葛《くず》や薄《すすき》、野薊《のあざみ》、金水引《きんみずひき》などがかわりに淘汰《とうた》され、消えてゆく。

外来種の怖さは、天敵がなかなか見あたらないことである。このままでは在来種の多様性が保てず、人の手で駆逐《くちく》するほかない。友樹も見つけ次第、駆除《くじょ》につとめた。

その姿を見られていたらしい。

「それになあ。あんたの苗の支度《したく》ときたら、なかなかどうして、見事なもんや」

おっちゃんは、感じ入ったようにさえ見えた。

「このへんに自生しとっても不思議やあらへん種類を選びはったみたいやし、株分けにしても植え替えにしても、いまの季節にしといたらええ山野草ばかり。土にせよ、このへんの地質をよく呑《の》み込んだ配合や。そこまで植栽に通じ、承知しとる者が、わざわざこんな野《の》っ原《ぱら》に苗を植えに来とる。何ぞ理由がおますのやろ……」

わしに話してみまへんか、とおっちゃんに誘われるうちに、友樹の口はほぐれていった。自分の工夫や細かなこだわりを見抜いたおっちゃんに、親近感もわく。

「すみませんでした。罪滅《つみほろ》ぼしなんです」

頭を下げた。いちど言葉が口をついてしまうと、気が楽になり、あとはすらすらと出た。

「ただ植えに来たんじゃなくて、戻しに来てて」

「……戻しに？」

「昔、このあたりに自生している稀少《きしよう》な花を掘り取ったんです。だから、戻しに来てます。いまさらですけど」

「ほな、この苗は……」

「自宅で育てたもんの子孫です。庭のビオトープはネットで覆ってますから、遺伝子的には何とか、純粋を保てていると思います。自生地に戻しても、ぎりぎり許される行動なんじゃないかって」

「ふむ」おっちゃんは、考える顔になる。「落とし前をつけとるわけでっか」

「元通りとはいかないけど。ここで暮らしてたほうが良かっただろうし」

「いや、それでも、落とし前としたら上々や思いまっせ。そしたら、お宅の庭は山野草だらけなんでっか」

「かなり」

「花盗人《はなぬすびと》の常習犯やったんか」

「通《かよ》ってたみたいですね」

人ごとのように自分のことをいうのは、この世代の話法であるようだ。

「最初は、ロープが張られたとこなんかのを盗ってました。開発されて、土地が更地《さらち》になっちゃうと終わりでしょ。その前に何とかしたくて」

「それが、見境《みさかい》なくなったんか」

「うちに緊急避難させとけば、絶滅しないかな、と思ってたから。でも、いまじゃ」

友樹は首を振る。「ぼくは」

「タネで増やしたらええやん」

山のおっちゃんがいう。

山野草は、現地での採取が厳しく禁じられている。かわりに、愛好家たちのあいだでは、手持ちのタネの交換が盛んである。株も分けてもらえた。たいていのものは郵送料の実費ぐらいで手に入る。花を見ることができるまでの時間は長いが、自生地を傷《いた》めずに済む。

「いまでは、そうしてます」

友樹はうつむき加減になった。

「分かってれば、ええのや。わしのとこにもええ株がぎょうさんありまっから、頒《わ》けたげましょか」

おっちゃんは、友樹の気を引き立てるように、からりといった。

二

友樹は、嘘《うそ》をついていた。

罪滅ぼしに草花を植え戻しているのは本当のことだが、花盗人は、自分ではなく母である。

山野草を育て始めたのも母で、友樹は影響されて始めた。はじめは、植物の手入れを手伝わされていた。

友樹がまだ幼稚園にも上がらぬうちに、父母は離別しており、庭は母子ふたりで丹《たん》精《せい》してきたといっていい。住まいは小田原で、母の休みともなれば、よく箱根に連れてこられ、富士山麓《ふじさんろく》まで足を伸ばすこともあった。いずれも野草の宝庫である。

小学校の高学年あたりになると、母との外出がうっとうしくなり、連れてゆかれる回数は減ったが、そのぶん知識が増え、庭の環境作りにも欲が出た。

母の知加子《ちかこ》が一人で出かけては、草花を買ってくるようになった。箱根や富士あたりには、山草園、山野草園、盆栽園などと名の付く専門ショップが点在している。友樹も、欲しい品目をせがんだりした。名だたる店で売られているのは栽培ものであるだけに、気がねなく買ってこられる。

高校になってアルバイトを許されるようになり、バイクの免許も取ると、友樹は自分なりに箱根を歩き、意にかなった品種を買うことを覚えた。

あるとき、母の持ち帰る草花のなかに、珍しいものが増えた時期があった。

自分に内緒で、穴場の山野草ショップでも見つけたのではないか。

にわかにそんな思いがわき、バイクで先回りし、普段母が降りるバス停近くの喫茶店で待ち構え、こっそり尾けた。どのみち、どこかでいきなり姿を現し、驚かせてから合流しようと思っていた。

——驚かされたのは、俺《おれ》のほうだった……。

友樹は思い返す。

母は小径《こみち》をいくつか折れて、別荘地の連なるあたりから、野道に入っていった。ところどころに、手つかずの野や疎林《そりん》が入り交じるなか、ある程度の広さが新たに区画されている。分譲されたらしく、境界の四方に杭《くい》が打たれ、「××様上棟予定地」なる看板も真新しい。

母はあたりを気にすることもなく、その敷地内に入ったかと思うと、草取りをするおばさんのように屈んで、目当ての株を造作もなく掘り取った。

愕然《がくぜん》とした。

——あのとき、すぐに咎《とが》めてしまえばよかったんだ。

とうとう声をかけずじまいになったのは、ショックが大きかったのと、これが初めてではない、と直感したからだ。

その頃には、馴染《なじ》みの店にはどの品種が置かれていると、友樹はそこまで細かに指摘できるくらいになっていた。考えてみれば、母が最近持ち帰ってきた草花は、どの店にも置かれていないものばかりであった。

だとすれば、答えは見えていた。胸が早鐘《はやがね》を打った……。

信じられない思いから、何度か似たような尾行を繰り返した。そのうち、母が〝荒らした〟地点を地図に書きとめておくようになった。

ことを切り出しかけたことも、何度かあるが、ためらっているうちに、母の〝行状〟が、ふっつりと止《や》んだ。

——仕事のストレスか何かだったのだろうか。

思い当たる節はないが、あるいは自分が引き金になっていたかもしれないと考え出すと、自責の念に苛《さいな》まれた。

友樹は首を傾げながらも、母が持ち帰ってきたのと同じ品種かその子孫を、自生地にこっそり植え戻しはじめた。そうせずにはいられなかった。

近頃、母は久しぶりに箱根にゆく回数が増えている。今日は友樹も先回りをしてきた。ここのところ、おさまっていたことが、再び始まったのではないかと恐れて。

けれども、母はまっすぐ『箱根湿生花園《はこねしっせいかえん》』に入っていった。湿生花園は、湿原植物の復元を期した見応えのある植物園で、目当てに訪れる観光客も多い。友樹は胸をなで下ろした。追跡をやめ、ちょうど植え頃を見はからい、ついでに持参してきた株や苗を、植え戻しにかかっていたところである。

もうそろそろ、すべてが薄まってきた気がしていた。こんなことも終わりにしようと思っている。おっちゃんに見つかったのは、いい機会かもしれなかった。

三

無機質な廊下を、樺島浪美子《かばしまなみこ》はうんざりと進んでゆく。

歩くにつれて、リノリウムの床に車輪の音がカタカタと響いた。どこへ行くにも、点滴と一緒では気がふさぐ。管がまとわりつくのも嫌であったが、針が血管を傷つけはしないかと思えば、おとなしく繋《つな》がれているほかない。

致し方のないことだが、身体《からだ》の不調も加わって、誰もがしだいに背や腰を曲げ、点滴の軸架《じくか》を杖がわりに、とぼとぼともたれ歩く形になる。その姿は、本人が思うよりもずっと、弱々しく哀《あわ》れに見える。

――負けるもんか。

浪美子は必要以上に頭を上げ、腰を伸ばした。

もともと、さほどの病状でないうえに、気だけは張っている。

銀座の表通りを歩くときのように、顎をぐいと引き、姿勢を正した。浪美子は浴衣《ゆかた》を部屋着がわりにしているが、その浴衣とて、そこらの旅館で供されるような量産品ではない。綿麻地に、萩《はぎ》を濃淡に染めさせた誂《あつら》えのそれは、外出にも間に合うもので、そのうえに袖無しの羽織を着、気品と面目とを、それなりに保つ工夫としている。

結ったまとめ髪も堂に入ったものだし、衣紋《えもん》の抜き加減は極めつきで、冴《さ》えざえと白いうなじの覗かせかたときたら、若い者には真似《まね》の出来ないことであろう。すっくりと背を伸ばし、点滴に先立つつもりで歩く。裾捌《すそさば》きには自信があった。

と、そこへ、通りがかりの配膳係から声が掛かった。

「おばあちゃん、いつもきれいにしてるわねぇ。消化器科の個室だったっけ？」

見れば、自分と同年配としか思えない女である。はつらつとした笑顔であった。

――おばあちゃん？　この樺島浪美子が……？

怒りがこみ上げてきたが、女が悪気でいったのではないことは明らかで、むしろ励《はげ》ましのつもりで声をかけたのだろう。よけいにやる方もなく、浪美子はさすがにしおたれた。

健康な者から見れば、自分は年老いた患者にすぎなかろう。患者というレッテルのもとでは、自分に絡《から》まっていた世俗的な情報のほとんどが消えてしまう。

さすがに、病院の正規スタッフには姓で呼ばれている。といっても、これは最近の傾向で決まったことらしく、姓を呼ぶのは、患者の尊厳を重視したあり方だからという建前であった。言葉つきも丁寧《ていねい》すぎるほどである。ただ、〝お熱を測らせていただきマース〟といった「声かけ」は、いかにもマニュアル通りの業務連絡のようで、味気ない。

もっとも、際限なく入れ替わる患者の誰それに、いちいち多大な関心を払い、心の面倒まで見ていたら、診療や看護に関わる側の身が持つはずもなかろうと思われる。多忙さに追われるスタッフのことは心得ているつもりだ。それでも、いつのまにか高齢の女というだけの記号に成り下がってしまったようで、あまりにも寂《さび》しい。

——ないものねだりね。

浪美子は吐息がちになる。午前中いっぱいを、あちこちの検査に費やした。どこへ行っても消毒薬の匂《にお》いが鼻について回る。

〝いい機会だから、この際、人間ドックがわりに診《み》て貰《もら》え〟と息子に勧められ、手持ちぶさたにしているよりはましかと、いわれるままに動いている。

苦虫を噛《か》みつぶしながら、病室に戻り、ドアを引き開けた。

が、にわかに後じさりした。部屋を取り違えたかと思ったせいである。

色が閃《ひらめ》いている。白み明るみ、輝き、沈み。おぼつかなく光るのは、月に照らし出された水面の模様であった。

浪美子の目を奪ったものは、秋景図《しゅうけいず》の屏風《びょうぶ》である。

叢《くさむら》に見え隠れしながら白む池沼《ちしょう》。水景を覆うのは、宙空を走る数限りない薄《すすき》の穂波。野を分けて点在する水生植物の群落、かそけき草花が彩りを添え、そのうえを、むら雲が越えてゆく。

六曲二双の主たるモチーフは、秋の野であった。狩野元信《かのうもとのぶ》筆の四季花鳥図屏風を彷《ほう》彿《ふつ》させる、彩色豊かな金碧画《きんぺきが》。なかでも見事なのは、金銀銅鉄を自在に溶かしたかのような色調で描き分けられ、流れたなびく薄の群れである。

――いつのまに……？

屏風絵を背景に、紅葉散らしの敷物が広げられ、古式ゆかしい高坏膳《たかつきぜん》が支度されている。

蓮《はす》のひとひらを象《かたど》った漆塗《うるしぬ》りの大皿には、栗、柿、葡萄《ぶどう》をはじめ、季節の実ものがこぼれんばかり。

病室の装《よそお》いが、すっかり一新されているのであった。

――この香りは。

香も焚《た》き込められている。漂《ただよ》う香には、浪美子の用いている『五雲《ごうん》』よりも静かながら複雑な階調があった。京都の老舗《しにせ》、松栄堂の『五雲』は、故・立原正秋《たちはらまさあき》の好みであったと聞いて以来、浪美子の屋敷でも日常づかいにしている上等な香であるが、その上をゆく品の良さは、香木をくべたとしか思われない。

意表を衝《つ》かれ、続いてうっとりとした。あるはずのないことが、あった。確かに現実のことなのだ。ふいに現れた非日常の世界に、浪美子の頬《ほお》は緩《ゆる》み、時間が行き過ぎるのを、いまさらのように惜しんだ。

「その顔が、見たかったんや」

屏風の裏から、男が輝く顔を覗かせた。手には竹製の虫籠《むしかご》を下げている。

「ま」

浪美子は歓声を上げる。

虫籠には、バッタらしき青い虫と、髭《ひげ》の長いコオロギが同居している。

「あんまり驚かさないでくださいな、先生」

自然に、浪美子は甘え声になる。

「そやかて、わし、ワーとかキャーとかいわれるんが好っきやねん」

照れくさそうに頭をかきかき現れたのは、佛々堂《ぶつぶつどう》先生であった。

「そうはいったって、あたしみたいな……」

――おばあちゃんでは、驚かせる甲斐《かい》もないでしょうに。

と、喉元《のどもと》まで出かけた。年齢をあらためて問うたことはないが、先生は浪美子より十と幾つか下ではないかと思われた。

が、浪美子は慌てて止《よ》した。口に出せば野暮《やぼ》になる。

先生がいつか、冗談ごとのようにほのめかした『閑吟集《かんぎんしゅう》』の一節を思い出す。

何《なに》ともなやなう、何ともなやなう、浮世《うきよ》は風波《ふうは》の一葉《いちえふ》よ。

何ともなやなう、何ともなやなう、人生七十古来稀《まれ》なり。

たゞ何事もかごとも、ゆめまぼろしや水のあわ、さゝの葉にをく露《つゆ》のまに、あぢきなの世や。

夢幻《ゆめまぼろし》や、南無三宝《なむさんぼう》。

くすむ人は見られぬ、夢の夢の夢の世を、うつゝ顔《がほ》して。

なにせうぞ、くすんで、一期《いちご》は夢よ、たゞ狂へ。


「大道具係、兼、小道具屋のお出ましや」

茶目《ちやめ》っけたっぷりにいいながら、佛々堂先生は竹籠から虫を取りだして見せる。

老眼鏡を手に浪美子が見直せば、バッタは青々とした薄の葉を編《あ》んだもの、コオロギは竹細工であった。本物そっくりにできていることに目を細める。

「器用ねえ、先生は」

浪美子と佛々堂先生は、旧知の仲である。いつもながらの先生の風貌に、浪美子は視線を移した。

「けど、ほんと、芝居の裏方さんにも見えるわねえ」

ざっくりとした綿シャツは、くたくたに着古され、デニムもあちこち綻《ほころ》びている。いつ力仕事に呼び出されても応じられそうな身なりと、据わりのいい腰つきからすれば、庭師、内装などの職人くずれと見られてもおかしくない。一歩間違えば、その日暮らしふうのこの男が〝平成の魯山人《ろさんじん》〟の異名を持つ関西きっての数寄者《すきしや》、佛々堂先生だとは、誰も気づかないだろう。

が、よほど素養のある者ならば、シャツもデニムも本物の藍《あい》を建てて染めたものだと見抜くかもしれない。洗い晒《ざら》され、着倒されたあげく、藍の青は淡さの極みに入っている。

「どないしてはりまんねん」

体調を問われ、浪美子はせいせいとした顔を見せた。

「もう、げんなりして本物の病人になるとこだった。けど、おかげさまで元気がでてきました」

「そら、そうや。盲腸切って貰《もろ》うただけなんでっしゃろ」

確かに、そうではあるが、若い人が手術を受けるのとは予後が違う。しばらくは静養しているほかはない。

「お屋敷に澄まし返っていられることのありがたさがわかりまっしゃろ」

「本当にねえ。万事は、こうでなくっちゃ……」

大仕掛けな見舞いの品々を、浪美子は眺め渡した。

なかでも、メインの屛風絵は、樺島家に伝わる数多《あまた》の美術品のうちの一双であった。

「お蔵から選んできましたんや」

樺島家の美術品類は、普通なら誰も入《い》れない蔵のなかに収蔵しているが、家族ぐるみのつきあいが長い佛々堂先生だけは別である。浪美子が経営している名だたる料亭の掛け物や調度は、先生の指南を受けている。日々の掛け替えや季節ごとの取り合わせを問い合わせれば、想像の遥《はる》か上をゆく案がすぐさま示された。蔵をひと調べしてもらって以来、収蔵品のすべてがその頭に入っているようであった。

そういえば、と浪美子は思い当たる。昨日までつきっきりで自分の用を足してくれていた家政婦が、今日は身内の婚礼を理由に暇《ひま》をとっている。先生の手伝いに駆り出されたに違いない。

「この秋景は、なかなかのもんや……、ええ品でんな」

「でしょう。秋風が匂ってきそうで、あたし好きなの」

「作者名はないが、筆致《ひっち》は確かなもんや。狩野派の手やね。そう古くはないが、金も本金をたっぷり使うとる」

「昭和の初期なの」

「その時代にしちゃ、大層贅沢《ぜいたく》なこっちゃ」

「父が目をかけていた画家でね。残念ながら兵隊に取られて戦死したそうよ。作品といえるものは、これだけ」

「親父さんが描かせたんでっか」

「そうなの」

「かの樺島慶一郎《けいいちろう》が贔屓《ひいき》にしていた画家で、これだけの技量なら、世に出れば名を成したやろうに」

樺島家は財閥の流れを汲《く》む旧家で、浪美子の父は貴族院の議員として世に知られていた。浪美子の代になっても、相応の資産が残っている。

「なまじっか値段が付くと、子孫にいちはやく手放されてしまうといって、父が秘蔵していたのね。そういった品々がお蔵にはいっぱいあるけど、とくにこの屛風は、父のお気に入りだった場所を描かせたものだから」

「見渡す限り秋の野か。関西あたりではあまり類のない光景でんな。この絵は武蔵野か、富士山麓か」

「箱根なの。仙石原《せんごくばら》のあたり。このへんは、もともとうちの地面でね……」

父は件《くだん》の風情を気に入って土地を購入した。

「それでリアルなんでんな。草花のいちいちも、自然そのままの姿をうまいこと捉《とら》えてまっさ。植物図譜なみの確かさやね」

「画家は近くに逗留《とうりゅう》し、朝から晩までスケッチしていたというわ」

いまでも、樺島家の土地は箱根にあるのだが、景物画の景色はすでにない。

「うちの兄が別荘にしたのだけど、それが大失敗」

浪美子の兄が土地を相続し、昭和三十年代に広大な建物を造らせたが、これが、あまり芳《かんば》しくなかった。

「どないしましたんや」

「土地が地盤沈下しだしてね。傾いちゃったの、家の棟々が」

「何でまた？」

「この絵にも、部分的に池が写し描きになっているでしょう。あたりは湿地だったところなのよね。地盤が緩いんじゃないかしら。はじめは、兄も躍起《やっき》になって修繕したりしていたけど、年々沈下が進んでゆくんで、諦《あきら》めたみたい」

建ててから十年ほどは、それでも兄夫妻が静養に使い、浪美子も遊びに出かけたことがあったが、しだいに訪れる数は減った。樺島家には、軽井沢や琵琶湖《びわこ》にも昔ながらの別荘があったし、兄はマウイ島に新たに建てさせたホテル式のコンドミニアムが気に入っていた。昭和三十年代に建てた箱根の別荘は、贅を尽くしたといっても、時代相応の安びたセンスと普請《ふしん》で見劣《みおと》りする。やがて捨て置かれ、目下は解体もされぬままにある。

「兄のものだから、私には縁がない土地のはずだったんだけど……」

兄が亡くなると、思いがけず兄の資産は浪美子が継《つ》ぐことになった。兄は九十まで生き、子とは逆縁になったうえに孫はなく、妻にも先立たれた。となると、相続分はただ一人の妹である浪美子に回ってきた。

佛々堂先生は茶化す。

「もともと、使い切れんほどのもん持ってはるのになあ。人の運ちゅうたら、不平等や」

浪美子が父から遺《のこ》されたものも相当あり、なかでも料亭を含む事業のほとんどは成功している。

「でも、そのうち息子に取られてしまいそうなのよ」

「この絵のことかいな」

「いえ、この仙石原の別荘」

「そりゃ、順繰《じゅんぐ》りで譲らにゃ、しかたありまへんわなあ」

「土地を売りたいっていうの。生前贈与してくれないかって、ねだられててねえ」

「息子さんかて、何不自由のない身でっしゃろに」

浪美子の一人息子、樺島康一郎《こういちろう》は、かつては大学教授であったが、事業面での家の跡目をすでに継ぎ、押しも押されもせぬ経営者となっていた。

「近頃じゃ、会社のものは会社のものでしょ。私的に自由になる分が欲しいらしいわね」

「甘やかしてはりまんなあ」

「これが初めてじゃないのよ」浪美子は打ち明ける。「あの子、嫁に先立たれてから、あっちの方が、からきし駄目になったの」

「あっちって……、つまり、ナニがナニなんでっか」

話は妙な方向に飛んでゆく。

「そうなのよ」

「さすがにざっくばらんなんでんな、浪美子はんとこは」

息子の精力の衰《おとろ》えを、この歳の母が知っている家も珍しい。佛々堂先生は苦笑した。

「違うのよ。我が家に出入りの鍼灸師《しんきゆうし》さんがいてね。この人にかかると、ふたたび息を吹きかえすってんでね。主人もさんざんお世話になって……、あら、ご免なさい」

浪美子は話がわがことにつながると気づいて、年甲斐もなくちょっとはにかんだ。

「……とにかく、この前あの子が鍼灸師さんをしきりに呼んでたときには、女性が出来ていたの。その女《ひと》にも、だいぶ貢《みつ》いだようよ。思い合わせてみれば、あのときはあの子にせがまれて、伝来の石をやった。しばらくつきあい、結局は袖《そで》にされちまったらしいけど」

「で、今度は」

「また鍼灸師が来ててね。どうも、意中の女ができたみたいで。すこぶる調子がいいって話よ」

「復調したんでっか」

「とにかく、こんどは再婚したいというのよ」

「ほう。けど、そやったら貢ぎ物は要《い》らないんと違いまっか」

「相手のほうが、はっきりしないみたい。だから、あの子は躍起になってるんじゃないかしら」

女の気持ちを金品で買うような手法は、スマートではないし、薦《すす》められるものでもない。けれども、人間とはぶざまなもので、自分の男としての誇りを同時に取り戻せるのなら、そのためにいくら費《つか》っても構わないという気持ちになるのだ。

それを目にすれば、女親の気持ちは幾つになっても同じで、情に絆《ほだ》され、できる限りのことをしてやりたいと思ってしまうのであろう。

「そりゃ、もともと使ってない別荘なんだから、惜《お》しくもないけど、やっぱり父ゆかりの土地だしねえ」浪美子は眉《まゆ》を寄せる。「その彼女も、どんな人なんだか。先生、見てきてくれないかしら」

「そりゃ、あかんわ」先生は即座に断った。「わし、そういうの苦手やねん。女《おなご》はんのことは、ようわからんし」

――先生ったら、かわいいところがあるのよね。

浪美子は、困惑顔の先生を見ると、もっともっと困らせてやりたいと思う。

佛々堂先生は妻帯したことがなく、いまも独り身である。

かなり年上の浪美子の見舞いにも、これほどの心配りをしてくれる先生ゆえに、女性陣にはきわめて人気があるのだが、心に適《かな》う女性がいたという話は聞いたことがない。

浪美子夫妻も、先生に身を固めさせようと思い立ち、しきりに相手を物色《ぶっしょく》したことがあるが、この相手こそ釣り合うと思っても、話が進んだためしがなかった。

――家庭に縛《しば》られていられないのかもしれないねえ。

手入れの行き届いた広大な自邸を構えながら、家にはめったに帰らない。積み荷を山積したワンボックス・カーで全国各地を経巡り、〝何ぞおもろいことおまへんか〟と、日々あちこちを遊行《ゆぎょう》している。

この人に望まれた女ならさぞかし……、と思うのだが、家に居つかないのでは女のほうも辛かろうし、そもそも、所帯臭さがみじんもないのだから、お話にならなかった。そのくせ、奥ゆかしい女性と差し向かいになり、褒めそやされでもすると、ぽっと赤くなることがある。

「そんなことといわないの。頼りにしているんだから」浪美子はいい募《つの》る。「どうこうしてくれというつもりはないの。ただ、様子だけ見てきてくださいな。私はこんなで、動けないいんだから」

長年のつきあいを重ねるうちに、浪美子は佛々堂先生を乗せるコツをつかみつつあった。何もかも頼り切り、任せてしまったほうがいい。口では〝あかん、あかん〟といいながら、否といえずに東奔西走《とうほんせいそう》してくれることも分かっている。

「ね。決まり」

「しんどいわぁ」

先生は、お手上げといった様子で秋景の屏風に目をやった。

「そうだわ。仙石原に、素敵な女性がいたのを思い出した……」

浪美子は呟いた。昔話からの連想で、かつての記憶が蘇《よみがえ》ったのである。

「うちの別荘の隣の地所に、上品な物腰のお嬢さんがいたのよ。何度か見かけたけれど、それは綺麗《きれい》な人だったわ。八千草薫《やちぐさかおる》みたいな面差《おもざ》しに、浮世離れした風情でねえ。なよなよと儚《はかな》げで、女のあたしでも、支えたくなっちゃうくらい。あの人、いまどうしているのかしら」

浪美子は意識して、先生好みだという女優の名を話に取り入れた。

「古いことなんでっしゃろ」

「そりゃ、あたしがあの別荘に行ったのは、昭和四十年代が最後だから。あの人なら、先生にも似合いの取り合わせだったのに……」

「浪美子はんも、懲《こ》りまへんなあ。かなわんわァ」

先生は笑い飛ばした。

「もっと前に思い出していたらねえ。何とか手を打ったのに」

つい、繰《く》り言《ごと》が出た。

そのあいだにも、佛々堂先生はそ知らぬ顔で、屛風をつぶさに眺めている。かと思うと、ぱっと顔を輝かせた。

いつのまにか、先生の心は秋野を逍遥《しょうよう》しているようである。

四

「この薄は変わってるわねぇ」

「あら。知らないの。お茶花《ちゃばな》でね、矢筈薄《やはずすすき》っていうの。葉の模様がいいでしょ」

年配の観光客が、互いに花の知識をひけらかしあっている。

薄の葉はふつう、緑一色だが、矢筈薄の葉には、V字形の白線模様が現れている。その形が矢の上部の矢羽根に似ているところから、矢筈薄という。

そんな話が交わされているのを、高久知加子は苦々しく聞いている。

『箱根湿生花園』には、山野草の苗を販売するコーナーが設けられており、買い物を楽しむ人の姿がある。その一角で、知加子は足を止めている。

知加子の基準からすれば、矢筈薄は山野草ではない。

——この薄は、駄目《だめ》。

見た目には美しい薄だが、少なくとも野に放《はな》ってはいけないと、知加子は思う。人間の手で、野山が荒らされることを思うとき、知加子はいてもたってもいられなくなる。

手つかずの自然は、彼女の理想であり、夢であった。できれば、自分の意のままにできる山野がほしい。

そんなものが、簡単に自分の手に入るはずがないことは分かっている。だから、無理難題をいった。

自分には分不相応の相手が、プロポーズしてきている。心が揺れていた。嫌いなら、何ということもない、きっぱりと断れば済む話であった。相手を好ましく思い、惹《ひ》かれているからこそ、自分では無理だと思う。

——私は駄目。

知加子は引け目を感じている。資産面での格差などはどうでもよい。自分自身を値踏みしたとき、あることに思い及《じ》ぶと、知加子は胸が塞《ふさ》がった。

そのくせ断り切れず、相手を焦らす形になってしまっている。

振り切れない迷いが、愚にもつかないことをいわせた。一緒になるためなら何でもする、いってくれとせがまれて、見渡す限りの原野が欲しい、岩手の遠野《とおの》か、北海道か。そんなことが、口をついて出た。

馬鹿なことをいったが、後の祭りであった。彼の資力を考えれば、出来ないことではないのである。

「なっ」

背後から、唐突に声をかけられた。聞き慣れた声である。〝なあ、おふくろ〟を、人前ゆえに省略しての、短い呼びかけであった。

振り返れば、やはり友樹である。

「来てたの」

子どもの顔を見れば、女は母のまなざしになる。

「うん。バイクでさ」

声を弾《はず》ませている息子を、知加子は眩《まぶ》しく見た。

「すげえ人を見つけちゃった」

得意げに、鼻をうごめかしながら、友樹は背後を振り返る。息子の肩のうしろから、年配の男が、ぱっと明るい顔をのぞかせた。

「お初です。よろしゅうに」

「草ものの達人なんだ。この人、半端《はんぱ》じゃないよ。……ていうか、もう〝師匠〟なのよ」

友樹は興奮気味である。

「えらい大げさでんなあ。ただのけったいなおっちゃんですわ」

「師匠、ウチのおふくろです」

飄々《ひょうひょう》とした男に引き合わせられ、知加子は慌てて会釈《えしゃく》する。

「すみません。この子、ものの言い方を知らなくて。親の躾《しつけ》が悪いもんですから」

友樹は、知加子がいい終わるのも待ちきれず、手に下げていた紙袋を開いてみせるのに夢中である。戦利品の自慢といった様子であった。

「ほら、糸辣韮《いとらっきょう》」

友樹が大騒ぎするのも頷けた。見れば、ほとんど市販されていない、ヒラトイトラッキョウである。

ヤマラッキョウの花は、人によってはどぎつく感じてしまうほど鮮やかで濃いピンクだが、ヒラトイトラッキョウの花弁は純白で、雄蕊《おしべ》の淡い若草色とのコントラストが可憐《かれん》きわまる。知加子は図録を眺めながら、日頃から欲しい、欲しいといい通しであった。

知加子の目も吸い寄せられる。

「見事だわ……」

「……だろ？　師匠に頒けて貰っちゃった」

「よろしいんですか」

「うちに、ぎょうさん育ててますのや。出先で欲しい花があったときの交換用に、持ち歩いてますねん」

「それでしたら。何がいいかしら」

知加子は自宅の庭の草々を思い浮かべたが、〝師匠〟はかぶりを振った。

「かわりに、友樹君がここでミヤマラッキョウを買うてくれはるそうですわ」

ミヤマラッキョウも、薄紫の愛らしい花である。やはり稀少だが、ヒラトイトラッキョウに比べればずっと入手しやすい。

「そうだった。ちょっと待ってて」

友樹はいたずらっぽく、知加子に向かって右の手のひらを差し出した。代金の要求である。

「何なの、まったく」

知加子は息子の手をはたく。

「だってさ。帰ればおふくろの物みたいになっちゃうじゃないか」

「自分で払いなさい。そのためにバイトしてるんでしょ」

知加子は取り合わない。

「ケチ」

「お互いさま」

「ちぇっ」

結局は、鼻を鳴らしながらも、友樹はミヤマラッキョウが陳列されている前に進み、〝師匠〟に好きなのを選ばせると、レジの列に並びにいった。

「お好きなんでっか、矢筈薄」

「え」

知加子は〝師匠〟に問われてとまどう。

「いや、じっと眺めてはりましたさかい」

「そうじゃないんです。私、矢筈薄は山野のものじゃないと思ってますから」

思いがけず、本音が口をついた。友樹が尊敬の目で見、〝師匠〟とまで呼んでいる草ものの達人なら、あるいは自分の言い分を汲んでくれるかもしれない。

「まあ、そうかもしれまへん。矢筈薄は和《わ》ものやが、園芸種ですさかい」

「その通りなんです」わが意を得たりと、知加子は気負った。「矢筈薄は〝野に咲く〟ものじゃないでしょう？　茶花にはよく用いられるらしいですけど、自然が尊《とうと》ばれるはずの茶道にまで、なぜ園芸種が混じるのか、納得がいかないんです」

「せやけど、庭に植えとくぶんには、構いまへんのやろ」

「ええ。でも、注意して見ると、矢筈薄の株が野山に植わってることがあるんです。いつだったか、奥まった山の、山頂近くでさえ見つけたことがあります。半端な知識の持ち主が、心ないことをしてしまうんだと思います。そういうの見ると、力まかせに引き抜きたくなっちゃう。自然が侵食されていくのが嫌なんです」

「完璧主義なんやね」

「そんなことも、ないんですけど……」

知加子は目を伏せた。

「茶道をたしなんではるんでっか」

「いえ、そういうわけではありません」

〝師匠〟は何かいいかけたが、友樹が戻ってき、またひとしきり話が弾んで、矢筈薄のことはそれきりになった。

と、そこへ。

上品な物腰の婦人が、陳列棚越しに会釈してきた。

知加子の知り合いではない。おだやかな微笑《ほほえ》みは〝師匠〟に向けられているようだ。知加子は師匠に尋ねた。

「ご存じの方ですか」

「ここで待ち合わせしとりましてん」

湿生花園は、山野草愛好家のメッカである。三日にあげず足を運んでくる常連も多い。

「わしの花仲間ですのや」

伏し目がちの、おとなしやかな婦人であった。紹介されるときも控えめである。自分よりはかなり年長であろうと知加子は思うが、面ざしは匂いやかで、年齢を感じさせない。

「この人のつてで、耳寄りなことがありましたさかい、今日は箱根くんだりまで来てますねん」

師匠はいわくありげに声をひそめる。

「わしら、これから花を頂戴《ちょうだい》しにいきますのや」

「あら、羨《うらや》ましい」

「めったにある話やおまへんのや。なあ」

師匠は例のマダムに話を振り向けるが、彼女は頷くだけである。

「どこかで苗を配るんですか」

花が手に入ると聞けば、知加子も聞き捨てにはできない。

「いやいや」

「フリーマーケットとか?」

友樹は身を乗り出している。

「もう何十年も放置されとる古い別荘があって、その地所のなかでなら、何をどれだけ採集しても構いまへんのやと」

「嘘」

友樹は目をみはる。

「もちろん、持ち主も承知のことでっせ。このお人が、鍵を借りてきてくれてはりますねんわ」

まさしく垂涎《すいぜん》の話であった。友樹などは気もそぞろである。

「よかったら、あんたがたも一緒に来てみまへんか」

「え、いいんですか。さっすが師匠」

「友樹。ご迷惑よ」

飛び上がらんばかりの息子を、知加子はたしなめるが、そう強い調子は出せなかった。ともすれば、自分もその気になっている。

「構いまへんとも。若い人のほうが疲れ知らずやし、てきぱき働いてくれまっしゃろ。ほんまいうたら、わしらの分まで採集して貰いたいんですわ……」

五

師匠のワンボックス・カーを目にして、知加子はためらった。

この車を先に目にしていたら、いくら友樹の頼みでも、同行を渋っていたかもしれない。使い古された車の後部座席には、家財道具のようなものから、植木や梯子《はしご》、ロール状の布帛《ふはく》類、壊れかけた段ボール箱など、何に使うのか首を傾げてしまうようなものまでが、目いっぱいに積み込まれていた。窓のあたりには、明らかに着替えと思われる作業着やジャンパーが、日よけがわりとでもいうように吊《つ》り下げられてい、一見して風来坊《ふうらいぼう》のねぐらのようだ。

「お母はんは、あのお人の車に乗らはったらええわ」

師匠は苦笑していう。マダムの瀟洒《しょうしゃ》な車が、すっと知加子のほうに回ってき、知加子はほっとした。

マダムの車が、ワンボックス・カーを先導してゆく。それに付かず離れず、友樹のバイクがついてくる。

知加子が何か問いかけても、おっとり、ぽつりとしかものをいわないマダムだが、運転はこなれたものであった。大胆に、かつ滑るように道をゆく。

「何で、あんな走りになるんですか。すっげえな」

目的地でヘルメットを脱ぎながら、友樹がそう声をかけたくらいである。

「……ここか」

友樹は呟いた。

「来たことありまっか」

相当奥まったあたりではあるが、門前までの道は舗装《ほそう》されている。石造りの門は、由緒《ゆいしょ》正しき風情であった。絡《から》まりついた蔦《つた》が色づきはじめ、模様編みのモチーフのようになっていた。

「一度、道に迷い込んできて。ずいぶん立派な門があるなあって思ってたけど」

「なかは三千坪以上あるそうでっせ」

「マジですか」

友樹と知加子は顔を見合わせた。奥行きははかりしれない。

マダムが門扉《もんぴ》を解錠し、師匠が重い扉を開ける。なかは、まず車寄せになっている。広い前庭は、旅館並みであった。

ロータリーの真ん中には楕円形《だえんけい》の植え込みがあり、ぼさぼさのサボテンが、無残な姿をさらしていた。

「本当に、長いあいだ使われていないんですね」

「そのようやね」

アスファルトで固められた路面はひび割れし、敷石も乱れている。路面の裂け目からそこここに生えだした雑草は、膝から胸の丈ほどもあった。

それぞれの車を前庭に移動して駐《と》め直す。

マダムはと見れば、そのほんの少しのあいだに、ガーデニング用の長靴を履き、厚手のトレーナーにアームカバー、首元はタオルでガードし、さらには軍手と、フィールドワークに耐えうる出で立ちに変わっている。ポケットのたくさんついた、帆布《はんぷ》のショート・エプロンが洒落《しゃれ》ていた。

「あんたがたも、支度しなはれ」

師匠の車からは、長靴やらベール付きの日よけ帽、軍手の束ほか、諸道具がごっそり詰まった箱が引っぱり出された。ポットや鉢底用のネット、トレーまである。

「要るものあったら、使《つこ》うてや」

「どうもです」

母の分まで、友樹はさっと装備を選《よ》り抜き、確保した。

師匠のさりげない心づかいを、友樹は汲み取っている。友樹のリュックをあらためた彼は、友樹の入念な身支度を知っている。それらを使ってしまえば、母の知加子が見咎めるだろう。そんな自分のために、それとなく助け船を出してくれているのだと思った。

同時に、友樹だけが知っている母の秘密のためにも、借りて使える道具があるのが、ありがたかった。

「おふくろには、ぶかぶかなのしかねえぜ、太い脚にも」

友樹はわざという。

「何いってるの。ありがとうございます。助かります」息子をたしなめ、知加子は頭を下げた。「まったく、あんたたちは、いつも〝どうもです〟なんて変なお礼いって。それでなきゃ、〝あうっす〟でしょ。〝ありがとうございます〟ぐらい、しっかりいえないのかしら」

「時間が惜しい。忙しいもん」

「ばかね」

「あら、悪態ついた。いけない子ォ」

友樹は母の口調を真似てあげ足をとるが、知加子も負けていない。

「これはお小言《こごと》です。品格が劣るわよって、注意したの」

「えーっ、ばり悪口雑言《あっこうぞうごん》じゃん」

「苦言を呈《てい》しただけ」

「ふっるーい」

「そんなんじゃ、一生格下で終わるよ」

「はあ？　格差かよ」

母子の掛け合いを聞いていた師匠が吹き出した。マダムも、くっくっと喉を鳴らしている。

「ほな、いきまひょか」

促《うなが》され、知加子は先導されてゆく。

前庭から先は、竹林のなかを隘路《あいろ》が続いている。小径と竹林とは、四つ目垣で仕切られていたらしいが、左右から、下草として植えられていたと思われる熊笹が放恣《ほうし》に伸びて、垣根を崩し、道をほぼ覆っている。

「ちょっとした探検隊だね」

足元は湿っていた。草露があるだけではなく、靴底のラバーに泥が付着し、しだいに重くなってゆく。

ようやく、建物が見えてきた。

古びた木造ホテルとヒュッテを、足して割ったような見かけである。

「でっけえ」

「ほんと。でも、目がおかしいのかしら。なんだか垂直が狂ってるみたい」

「地盤沈下しているそうや」

建物に近づいて基礎のあたりを見ると、亀裂《きれつ》が走り、ところどころに高低が付いていた。

「これでは危ないわね」

「もと湿地だったそうでっさかい」

「台無しですね」知加子は無念がる。「家屋敷を建てるべきところじゃなかったのね」

「この奥に、別荘の庭だった部分があるそうや」

「回り込むんですか」

「屋敷に入り、抜けて行きますのや。その向こうが庭やと思いまっさ。な」

師匠の呼びかけに応じ、マダムが鍵束をさぐる。

「うわあ」

なかは薄暗く、湿気がこもっている。内装はなかなかのものだが、いかんせん、傷みが激しい。

「廃墟ぉ」

友樹が、こだまさせようと、作った野太い声を上げる。

壁紙はあちこち剝《は》がれ、タッセルのついた重厚なカーテンも、埃《ほこり》が積もり湿って、薄汚ない。襞《ひだ》の部分には、黴《かび》が生えているかもしれない。

玄関は洋風のホールで、階上や別棟へと通じるらしい通路が左右にのびている。閉じられているドアもいくつかあった。

「どちらに向かえばいいでしょう」

「見取り図かなんか、ないのかな」

「あの……、こちらだけ、ほんの少し片付けておきましたので」

マダムが囁《ささや》くような声を出す。

みな、長靴を持ってマダムのあとをついてゆく。短い渡り廊下が、別棟へと繫がる。こちらの棟は、にわかに和風建築の平屋《ひらや》になっている。昭和三十年代らしい、和洋が入り交じった造りであった。

マダムは楚々《そそ》とした様子で、とある襖《ふすま》の引き手をそっと開け、皆を座敷へと招《しょう》じ入れた。板敷きの広縁《ひろえん》をとった、三間続きの広間である。がらんと広い。中の間の分だけは雨戸が開けられ、ほの暗いなかに日が差し込んでいた。

「これ以上は、開かなくて」

マダムは恐縮する。

「鴨居《かもい》にも建具《たてぐ》にも歪《ゆが》みがきてますからなあ。大変でしたやろ。いや、ご苦労はんでした」

師匠が広縁に進み、ガラスの窓をがたぴしいわせ、開け放つ。皆、外の様子を窺《うかが》った。

座敷は庭に面している。

「昔、メインのお庭やったとこでんな」

濡《ぬ》れ縁《えん》の前には敷石があった。主庭は日本庭園にしていたらしく、石組みは立派であるが、植栽のほうは見る影もない。池だった部分も――あるいは、もとより枯山水であったかもしれないが――水抜きがしてあり、固められた池底の上にうっすらと積もった土に、雑草が繁っている。

「ほな、この座敷を根城に、好きなとこまで出たらええわ」

「あの……。先生、ご参考までに」

マダムにか細い声を掛けられ、皆が彼女の示す次の間を見れば、白布で覆われた屏風が置かれている。

師匠が歩み寄り、覆いを取り去った。

薄明るく青《あお》んだ中空《なかぞら》には、むら雲の秋月。月明かりに浮かぶ薄野《すすきの》、此方彼方《こなたかなた》に水光りする、満々たる沢地。沃野《よくや》を彩る水草、千草《ちぐさ》。樺島家秘蔵の、件の屏風絵であった。

「何これ……、箱根？」

さすがに、友樹はただ驚嘆しただけでなく、描かれている地名をいい当てた。

マダムはこくりと頷く。

「この別荘のあたりだそうです。昔の」

「この絵の湿原が……、ここだったんですか」

知加子は吐息をもらす。屏風に近づき、植生の一々を、くいいるように見た。

「知らない草花もたくさん。図鑑にあるのかしら」

「水生植物などは、絶滅種も描かれているようですけれど」と、マダム。

「こんな風情だったら、野山も理想的ですね。憧れの原風景だわ。それに比べて……、いまは、ひどい」

「いったん、造園してもうたからなあ。それが寂れましたのやな」

荒れ果てた庭と屏風絵とを、知加子はかわるがわるに見比べる。

「この庭は、このあたりです」

マダムは絵のなかを指す。

「ほな、この絵の薄原《すすきばら》は、もっと奥のほうでっか。めぼしいもんがあるとしたら、そっちのあたりやろか」

「きっと、そっちのほうが荒れてないかもしれませんね、手の込んだお庭に作り込んでいないとすれば」知加子は期待していう。「この絵のような野の花が残っているかも」

「そしたら、あとは皆ばらけて、出てみましょか。お昼をめどにいったん、この座敷に戻りまへんか」

集合の時間が決められ、皆、めいめいに長靴を庭に下ろし始めた。

六

「どないです、進んでまっか」

声をかけられ、あたりをぼんやりと眺めていた知加子は、我に返って首を振る。

「なんだか気疲れしてしまって」

「広すぎまっか」

「いえ、それよりも、思っていた景色と違いすぎて。いちど人手が入ってしまうと、こんなに荒れてしまうんでしょうか」

知加子のいるあたりは、屏風絵でいえば、仙石原湿原を思わせる薄野である。絵の面影は、さすがに残しているものの、若木があちこちに伸び、野というよりも、もはや雑木林になりかけている。蔓《つる》植物も繁茂《はんも》して、荒れ野の様相であった。

「あの屏風絵の景色は、昭和初期やそうですわ。この別荘が建つ前の光景でしたのや。植生も変わってまっしゃろ」

「むしょうに、悔しいんです。あの絵みたいに完璧な景色が台無しにされて」知加子は歯がみする。「自然が壊されちゃった」

「いや、それは違うと思いまっせ」

師匠はきっぱり断じた。

「え」知加子は問いただす顔になる。「何が違うんですか」

「あんたはんの思うてはる手つかずの原野は、どないなもんなんでっか。理想の自然って何やろ」

「あの絵のように美しくて……。それに、たとえば、湿生花園みたいに、野の花が豊かにひしめき咲いて」

箱根湿生花園には、かつての仙石原湿原の景観再現を試みた実験区がある。

「薄原はなあ、ただ放置しといたらできるもんと違うんでっせ」

「どういうことですか」

「そもそも、人間が住み着く前は、あたりは原生林や。とくに、このあたりなら常緑樹林やろうね」

「そうなんですか」

「まあ、有史以前のこっちゃ」

「古すぎですよ、いくら何でも」

知加子は眉間にちょっと皺《しわ》を寄せる。

「せやけど、自然の姿ですわ。で、原生林が人手によって切り拓《ひら》かれたら、その跡地が薄原になりますねん。かつての武蔵野がそうやった」

「なぜ、そうなるんです？」

「なぜというと」

「ほかの植物でなくて、なぜ薄の野になるんでしょうか」

「日本のように雨が多いところでは、樹がいちばん強うて、放っておけばどこでも林になりますのや。ところが、切り拓いて木をどけてしまうと、本来なら林のなかでは生きてゆけない薄の天下ですねん。薄の仲間は日陰では生えてられまへん。強い光が好きなんですわ。高温乾燥にも強うおまっさかい、林が無くなって痩《や》せてきた土地でもよう育つ、ちゅうことでっせ」

「それじゃ、仙石原の薄野も……？」

「仙石原はカルデラ湖が埋もれて出来たもんやが、人手が入ってはじめて、薄の野辺が保たれてますのや」

「そんな由来があったんですか」

「あの湿生花園でんが、なぜ作られたんか、知ってはりまっか」

「いえ……」

通いつめている植物園ではあるが、設立のいきさつまでは知らない。

「薄の野原は、古来、手入れを続けることで保たれてきましたんや」

「手入れする？　薄をですか」

花の手入れでなく、薄に手間をかけるとは、知加子には、思いもよらないことであった。

「はいな。晩冬から初春に火を入れて、焼き尽くしたのやそうです」

「火をかけるって」

「野焼きといいます」

「ああ。仙石原でも野焼きをするって、聞いたことがあります」

が、これまで訪れたことはない。

「野焼きをすると、木は絶えますが、根だけで冬を越せる植物は生き残りまっしゃろ。また薄の天下が続く。それと、その恩恵で草原の花も混じり咲く」

「でも、私、わかりません。なぜ、毎年そんな大がかりなことまでして、薄野を残すんですか」

薄など、いくら生えていても何の足しにもならない。巷《ちまた》でも〝枯れススキ〟などと呼び、軽《かろ》んじているではないか。

「すべては、人間様のご都合ですがな」師匠はさらりと明かした。「薄は昔、車のガソリンみたいなもんやったんでっせ。人間は馬で移動し、馬はまぐさとしての薄を食らう。新芽とくれば何よりのご馳走《ちそう》やったろうし。家畜《かちく》にも食わせ、かと思えば、茅葺《かやぶ》きの屋根にも使《つこ》うて、ほんま、重宝したのや」

牧畜が盛んな阿蘇高原などでは、いまでも薄が飼料にされている。例年、至る所に火が放たれるのだと、師匠はいう。

「武蔵野でもここでも、古代からずっと……つい五、六十年前までは、人間様の生活に欠かせなかった薄原が資源として維持されてたっちゅうこっちゃ。ところが、この仙石原あたりでは、時代の趨勢《すうせい》で、共有の草地がなくなり、昭和四十年代に野焼きが中断しましてん。どないなったと思わはります？　湿原の植物が、何年かのあいだにどんどん消えていったそうでんねん。慌てて、植生を再現するために、植物園が開かれたんですわ。もとはといえば、あそこは水田の跡地なんでっせ」

「そんな」

知加子には、思いがけない話であった。いつのまにか、あの植物園こそ、箱根の自然があるがままに保全されてきた姿だと思い込んでいた。

「薄《すすき》っ原《ぱら》を自然のままにしといたら、ああはなりまへんで。植物園では例年刈ったりしてな、手入れが行き届いてます。仙石原の有名な薄野も、いまは毎年火入れをしとる。仮に放っておいたら……、こないな風になるんですわ」

薄と雑木林が混在した目前の景色を、師匠は示した。

「こんな荒れ野に、ですか」

「いずれは、ここ全体がマユミ、ミズキ、欅《けやき》なんかの落葉樹林になりまっしゃろ。若木が薄の背丈を越えると、こんどは木が勝ってゆくんですわ。薄はいずれ見られなくなる。さらに百年もしたら、椎《しい》の木や樫《かし》の木の、もとの常緑樹林に戻りますのや」

「じゃ、あの情趣たっぷりな秋景図の、薄や水生植物の群落は……、自然そのままの姿ではないということですか」

「ご名答や。いってみれば、人手が入った結果なんですわ」

知加子は茫然としている。

「私、分からなかった……」

「あの秋景図見とると、何や心がうっとりとしてきますものなあ。しみじみ心に響くのは、人と自然とが織り成した、里の景色やからかもしれまへん」

「そうだったの……」

得心の息を、知加子はついた。

「あんたはん、手つかずの原野が欲しいのやとか」

「なぜ、そんなことを」

はっと立ちすくむ。自分に求婚してきた男しか、知る筈《はず》のないことであった。

「すんまへん。わしは樺島家の回し者なんや……。樺島浪美子はんに頼まれて、あんたの望みを聞いてみようと思うてました。この別荘も、実は浪美子はんの持ち物ですのや」

樺島浪美子の名には、知加子も聞き覚えがあった。求婚者の母親である。

「私の身元調査なんですか」

にわかに警戒し、言葉つきも固くなる。

「いや、浪美子はんは、できることなら話をまとめたいのや。あんたはんが迷ってはると聞いて、わしがしゃしゃり出てきましたんや」

「そのお話でしたら、私、お断りしようと思ってました」

「何でやの。もったいないわあ」

「原野がどうの、というのは、諦めていただこうと思って、口から出任せをいっただけです。欲深な女だと思えば、あの方の気持ちも冷めるでしょうし」

「浪美子はんは、息子はんの幸せのためならここを売り払うて、あんたの好きな地所を買うたらええというてましたで。けど、わしは、この土地を活かすのも手やないかと思うてます。あんたは、原生林が欲しいわけではなさそうや。野の花、野の風情を好んではる。なら、あの秋景図さながらに、ここを蘇らせたらどないかと、いらんこというて上げたくなったんですわ」

「いい加減にしてください。第一、そんなこと、できるわけがないでしょう」

「それが、できますねん。何と、いまならまだ間に合いますねん。あんたがやらずに、どないしますのや」

——いまなら間に合う？

タイムサービスのセールス・トークのようなひとことであったが、知加子は思わず引き込まれた。

「いまならって、何なんですか」

「絶滅した水生植物も、蘇らせることができるかもしれまへん。秋景図の通りに」

「あり得ません。そんなの、口から出任せじゃない」

「いや、科学的な話でんねん。まいど種子《しゅし》って、聞いたことありまっか」

「冗談でしょ。〝まいど〟、なんて。関西流の挨拶じゃあるまいし」

「土に埋もれると書いて、埋土《まいど》ですわ。水底に積もっとる地層は、植物のタネにとって寝心地のいいベッドみたいな環境になることがあるのやて。そこに埋もれたタネのなかには、生きたまま眠っとるもんがある。休眠しとる埋土種子でんな。それが、ひょんなことから目を醒《さ》ましますねん」

「でも、ここの池が埋められて、もう四十年は経つじゃないですか。無理ですよ」

「いちど消えた水草が、同じ理屈で再生した実例がありまっせ」

千葉の手賀沼《てがぬま》では、昭和四十年代に消滅した水草、ガシャモクが、平成になってから発芽再生した。

「一度は埋め立てられて、干拓地《かんたくち》の下敷きになっとった湖底の土が、たまたま工事で日の目を見、なかの休眠種子が、ここぞとばかりに芽吹きましたんや。命とは、不思議なもんですなあ」

——埋め立ての下敷きになっていた土中でも生きながらえていたのだとすれば、ここなどは、さぞかし……。

知加子は足をわずかに踏みしめ、ぬかるむ土地の感触を確かめた。

——池の底はもちろん、この下も、埋土種子の宝庫かもしれない。

「寿命ある種子が、まだ地中深くに眠っとる。一刻も早《はよ》う、手をつけな、あかんのや」

心が強く動き、承諾のことばが喉元まで出かけた。絶滅種の復元を手がけることができる。こんなやりがいのあることはない。それだけの条件と力が、自分が望めば手の届くところにある……。が。

「でも、やっぱり無理です」

「樺島の康一郎はんがお気に召しまへんのか」

「いいえ。私にはもったいない人だと思ってます。でも、駄目なんです」

「……花盗人のこと、気にしてはるんでっか」

「……！」

耳を疑う。衝撃で口を引き結び、知加子は後じさりした。

「そんなことまで」

声が掠《かす》れる。

「友樹君なあ。あんたのしとること知ってはりまっせ」

「友樹が？」

いちどきに、頬から血の気が引いてゆく。

「それはばかりやない。あんたの掘り取った株と同じもんを、あの子はこっそり、現場に植え戻しとるんでっせ」

「まさか」

弾かれたように、知加子は顔を上げる。嘆息が、声となって出た。

「もう、どうして……、そんなこと。私は。……どうして、こうなっちゃったの」

その場に座り込んだ。押さえきれず、涙が頬をつたう。

「あんたの罪を薄めようと、あの子は必死なんや」

頷いた。頷くしかなかった。

「止められまっしゃろ、なあ」

頷き続けた。しゃくりあげるのだけは、こらえて頬を拭《ぬぐ》う。

「せやったら、何の問題もあらへんやろに」

話が、求婚のことに戻された。

「でも……、どうしても」

知加子はうつむき、背をこわばらせた。花を盗むようになったことの背後には、あるやりきれなさがあった。乙女《おとめ》のように恋する資格を、自分はもはや満たしてないのだと思う。完璧でない自分が歯がゆい。そのことが、行く手に立ち塞がっている。

「先生」

さすがの〝師匠〟も説得の手が尽きたのか、逡巡しているように見えたそのとき、後ろから、マダムのか細い声がかけられた。

「すみません。少し、彼女と二人きりにしてくださいますか……」

七

「なんだあ。みんな、全然働いてないじゃないですか。駄目じゃん」

友樹が満面の笑みで戻ってきた。

大人三人は、すでに座敷でくつろいでいる。マダム心づくしの弁当が準備されていた。

ことは、すでに収束していた。

マダムがいかなる魔法をかけたのか、知加子の気持ちは変わり、色よい返事を聞くことが叶《かな》ったのである。

「師匠、いいのありましたか」

「ぼちぼちや」

縁側に並べたビニール袋を指さされ、友樹は眺めて微笑んだ。

「けど、いいところで腰がえろうなってしもうて、途中から休んでましてん」

「しょうがねえな。こっちは大量にゲットしちゃいました。やっぱ、奥のほうは、いい感じでした」

奥にはいい花があるが、起伏《きふく》があるから若い人に行って欲しいと、マダムが示唆《しさ》したのであった。

大きめのトレーいっぱいに盛られた収穫を見て、〝師匠〟は〝お宅もやりまんな〟というように微笑み返した。

友樹が採ってきたのは、いずれも草花の枝先とタネばかりであった。挿《さ》し木《き》で増える草花の枝を切って培養液につけ、ビニールに入れているのは、縁側のそれと同じである。そのほかに、種子がたくさん採集されているが、掘り取ったものは一株もなく、この方式ならあたりの植生を傷めない。

「よかったら、みなさんに頒けてあげましょうか」

わざと、恩着せがましく友樹はいってのけた。

「ほんま、気働きが利きまんなあ。わしの片腕になってもらいたいぐらいや」

「はい……」

別れ際、〝師匠〟に耳打ちされるまでもなく、知加子は息子の大人びかたを、あらためて見直していた。

*

「なんのかんのといっても、ほんま、人間って弱いもんでんな」

佛々堂先生はもらす。

「本当に。殿方には申し上げられないことが、女にはいろいろ、ありますもの」

マダムは呟き、頬を赤らめる。

「男かて、そうや。だからこそ、かわいいものなんと違いまっか」

二人が言外に匂わせているのは、このたびの首尾である。

樺島家の息子が、特別な悩みをもって鍼灸師を呼び寄せていたように、高久知加子も診療所に通っていた。Incontinence《尿失禁》の治療であった。

中年女性の数分の一に見られ、男性にも珍しくない一般的な症状であるといっても、恋する当人へのダメージは、想像に難《かた》くない。恋人ならばともかく、結婚生活をともにするとなれば、四六時中相手に隠し続けることは至難《しなん》の業《わざ》であろう。まして、よく知らぬ男などには、口が裂けても打ち明けられないことである。

漢方の処方を紹介したのか、ツボを教えたのか。

いずれにせよ、女性ならではの打ち明け話のなかで、マダムが秘策を授けたことは暗黙のうちにわかっているが、二人とも、そのことには触れなかった。現実を口に出せば、無粋《ぶすい》になってしまう。

かわりに、マダムがいった。

「あたし、知加子さんに矢筈薄の話を致しました。湿生花園で、お二人のお話を耳にしていたものですから」

「ほう」

「矢筈薄は、確かに園芸種ですけれど、たとえ誰かがあえて野山に植えてしまったとしても、駆除する必要はありません。なぜなら、弱すぎて、生存競争を勝ち抜けませんの。結局、野山では生き残ってゆけない薄なんですもの」

矢筈薄のV字形の白線は、白斑《はくはん》である。斑《ふ》入りの白い部分は光合成ができないので、緑一色の薄に負けてゆき、放置してもいずれは淘汰されてしまう。

「だからこそ、人手によらないと管理できないんです。あの矢筈薄は。けれども、その弱さが、稀少さにも繋がっていますし、弱いものを慈《いつく》しみ育てる気持ちが、人間にはある……。茶道でこの花を用いるのは、そんな慈しみの心からであろうかと申しました」

佛々堂先生は、珍しく聞き役である。口数も、いつもよりも極端に少ない。

「ですから……、かりにいつか再び、自分の弱さをかいま見ることがあったとしても……、ぶざまな弱さこそ、心ある人には愛されるのを知ってほしくて」

口元を綻ばせ、女はふーっと長い吐息をもらす。

「でも、これで安堵しましたわ」

陶然と、彼女の目が眼下の景色に注がれる。二人は、展望のよい庭の東屋《あずまや》にいた。遠くかすんで見えるのは、樺島家の古びた別荘である。

借景でこそあれ、徐々に寂れてゆく隣家の景観が、彼女の意識にあったことは確かであろう。

「あなたもいけませんわ。どこの誰ともしれない輩《やから》にあそこを買われたら、うちから見える景色がよけいに俗になるなどと、脅《おど》かすものだから」

そっと睨《にら》まれると、佛々堂先生はぐうの音もでない。樺島浪美子に、わざわざ引き合わされるまでのこともなく、このマダムは、佛々堂先生がかつて思いをかけたこともある人であった。

「ですけれど、これもあなたならではの、一期《いちご》の夢ね……」

現代には、人手を存分にかけることによってしか成立しない、薄野の夢まぼろし、野の花、沢地の千草。消滅した水辺の植物層まで蘇らせる人があるとすれば、それこそ酔狂《すいきょう》であろう。

女の脳裏には、いずれ高久知加子によって再現されるかもしれない、秋景図の実像がすでに浮かんでいるらしい。

「その日が到来した折には、ぜひ御一緒したいわ」

少女のような、甘い声が誘う。

――昔は、すげなく袖にされたのに。

彿々堂先生は、胸中で文句をいっただけであったが、その声が聞こえたかのように、首筋を真っ赤に染めて、女は応じた。

「私にも、長い人生、弱みがなかったわけではございませんもの……」

――わし、女はんのことは、ほんまにようわかりまへんねん。

ブツブツと口の中で呟きながら、彼方を眺める彿々堂先生の目にも、いつしか黄金色の穂波が映じているようであった。

縁起　冬　初夢

一

「画竜点睛《がりようてんせい》を欠くとは、このことでしょうねえ……」

「本当にねえ……」

「今年は駄目《だめ》ですかね」

「駄目だろうねえ」

大の男が三人、愚痴《ぐち》をこぼしこぼし、額に皺《しわ》を寄せている。

みな、いい年配で、それなりに押し出しがある。

「もう、ずいぶん押し詰まってますからねえ……」

年の瀬である。

男のなかの一人が、暦《こよみ》を眺めた。暦は彼の、銀製の懐中時計のなかにある。凝《こ》ったつくりの時計で、時刻は名古屋に合わせた和刻、暦は二十四節気が表示されている。

文字盤を始終、入れ替えなくてはならない型だが、男は面倒を厭《いと》わない。

「そうですねえ。もう、冬至《とうじ》を過ぎてしまいましたし」

別の一人が応じる。

こちらの男の眼鏡は総鼈甲《そうべっこう》である。見る人が見れば、価格は百万を下らないことがわかるだろう。

「困りましたねえ」

首を振り振り、ぼやくのは、ループタイを締めた男であった。ループタイの紐《ひも》は武具に用いられたと思われる真田《さなだ》の組紐《くみひも》。根付《ねつけ》はと見れば、金の人面装飾を施された古代ガラスのトンボ玉である。時代は一世紀くらいのローマン・グラスと見える。

彼らの持ち物は、その一々が、よくみると凝りに凝ったものばかりであるが、それもそのはずで、三人はいずれも、古美術業界の大立て者であった。銀時計は名古屋の、鼈甲眼鏡は金沢の、美術倶楽部の重鎮である。

ループタイの男は、東京は京橋『知恩堂《ちおんどう》』の主人。押しも押されもせぬ一流どころである。

嘆いているのは、この三人ばかりではない。大阪、京都、富山の各美術倶楽部でも、同じ問題をもてあまし、むしろ、いまは、ほぼ諦めの境地に近いといったほうが合っているかもしれない。

三人がたむろしているのは、知恩堂の店の奥である。

年の尾ともなれば、それぞれの店では、年迎えの支度《したく》が始まっている。季節ごとの風物詩が、年々見られなくなり、新年を迎えるといってもさしたる感興もない世柄《よがら》だが、この業界は違う。正月のあいだは、ともかくもめでた尽くしで店頭をしつらえる。装いもあらたに、晴れやかに。

桃山期、御用絵師の筆になる松柏《しょうはく》の屛風《びょうぶ》絵《え》、平安期に名を成した仏師による狛犬《こまいぬ》の彫像《ちょうぞう》一対、元禄年間製の歌歌留多《うたがるた》、高台寺《こうだいじ》蒔絵《まきえ》による楽器づくしの文箱《ふばこ》などなど、年初より、初春にふさわしい興趣の品を、各々お披露目《ひろめ》してゆく。

むろん、趣向は年が明けてからのお楽しみで、いわばライバルともいえる他店の主人に、年の内から手のなかを明かすはずはない。ことに秘蔵の品などは店頭にも出ず、二日からの初商いを待つよりほかにないのだが、なかには例外があった。

皆が心待ちにしているのは、ほかならぬそのことで、年忘れの恒例行事であった。

ところが、今年はその首尾が調《ととの》わない。

「不調ですな」

「今年は……、やっぱり駄目ですか」

「無理でしょうねえ」

たかが遊びであるとはいえ、彼らにとっては、無上の楽しみでもあった。

「今年はねえ……、二通も出たというのに」

「そうそう」

顔を見合わせ、いずれもため息をつく。

二通出たというのは、千利休《せんのりきゆう》の未発見書状が、全国で二点、今年、新たに見つかったという意味であった。

二点とも、年が改まれば初荷に出されることが、ほぼ確実である。

「余興は中止ですかな」

「どうしましょう」

多忙な時期のことで、暮れの一夕《いっせき》の日程は、誰にとっても惜《お》しい。

「いやいや、やはり、書状のお披露目だけでも致しましょうよ」

知恩堂が、意を決したようにいう。

「そうしますか」

「それでは、よろしく……」

各地の古美術会を代表する六人の男たちが、その一席を楽しみに、日取りを工面《くめん》している。書状も見られないというのでは惜しかった。

何とはなしに、しっくりこない気持ちを各自が抱きながらも、納会の開催だけは例年通りにと決まり、三人は、そろそろと物憂げに腰を上げた。

二

鳶《とび》がゆるりと、屋台の上で輪をかいた。

寺の境内《けいだい》からは、松の古木越しに、平らな海が望める。冬すら忘れさせる円《まど》かな波は、海面《うなも》というより、池の面を思わせた。

瀬戸内海の島寺は、きまって海ぞいの高台にある。小豆島《しょうどしま》のこの寺も、ご多分にもれず、海あかりに照らされている。

〝歳末市〟

寺の門前には、催しの張り紙がされていたが、さほど目を引かない。おっとりした寺の、境内のほんの片隅で、おまけのように行われているフリーマーケットに、客足は少なかった。

出店者も、わずか十数人。

正月飾りを売る業者が、歳末には例年、境内に店を出す。それに相乗りして、おでんと焼きそばの屋台が出る。フリーマーケットの出店者は、そのついでのように募《つの》られたもので、自家栽培の野菜を並べる老夫婦、手持ちの雑貨や洋品を小金に換えようとする町の若者など、素人《しろうと》らしい面々ばかりであった。

なかに一店、植木や盆栽を所狭しと並べた店があり、一木一草《いちぼくいっそう》の見目《みめ》のよさに惹《ひ》かれて買い物客が立ち止まり、ぽつり、ぽつりと鉢物を買っていったりする。

そこへ。

女の子が一人、頰《ほお》を上気させ、物陰から現れた。誰かを捜す様子であたりを見回す。小学校の低学年というところだろうか、懐《ふところ》に何かを抱えている。

「どないしはりました」

声をかけたのは、色の褪《あ》せた手ぬぐいを頰かむりにした、年配の男であった。古びた銭函《ぜにばこ》に腰掛け、地面にじか置きにした火鉢にあたっている。男の出で立ちはといえば、紺の股引《ももひき》に腹掛《はらがけ》、名入り半纏《はんてん》の上に綿入《わたい》れをぬくぬくと着込み、いかにも植木職人、あるいは的屋《てきや》といった風情《ふぜい》である。

「おばあちゃん」

男には答えず、女の子は椿《つばき》をためつすがめつしていた壮年の客に駆け寄った。

「おや、あんた、鳩《はと》つかまえてきたんか」

祖母らしい客が、驚いて声を上げる。女の子のダウンジャケットの懐からは、鳩が顔を覗《のぞ》かせていた。

「鳩でっか」

植木の男はしげしげと見る。

「そんなん、放しとき。お寺はんに怒られまっしゃろ」

たしなめた祖母に、男は口をはさむ。

「せやけど、奥さん。この鳩、普通のドバトと違いまっせ。えらく痩《や》せてまっけど、たぶん、レース鳩っちゅう奴でっしゃろ」

「レース鳩？」

「わざわざ飼ってる人たちがいてはりましてな。鳩に競争させてますねん。鳩のアスリートですわ」

「ほな、飼い鳩かいな」

「そない思いまっさ」

「脚輪《あしわ》してるよ」

女の子がいい、鳩を持ち上げてみせる。銀色のリングが脚につけてあった。

「どれ……、あ、ほんまやわ」

「迷子でっしゃろ」

「どっから来たのやろ」

「脚輪に何ぞ書いてあるはずですわ」

「可奈《かな》ちゃん、どないや」

祖母が問いかけるが、子どもには、見にくいようである。

「どれどれ」

植木の男が、鳩を受け取った。もともと子どもにもつかまるほど衰えぎみの鳩であるが、男の扱いは手慣れたもので、鳩はなすがままにされている。

男は、片方ずつ翼を広げてみ、肉付きや羽の様子を確かめた。

「餌《えさ》はあんまり食べてまへんな」

「何でやの」

「レース鳩の餌は独特だそうや。そやさかい、雑食に慣れてまへんのや」

「かわいそうになあ」

脚輪に目を近づける。

「飼い主さんの名前と電話番号が刻んでありまっせ」

「そやったら、すぐに知らせたらええわ」

「よかったら、わしが預かりまっか。四、五日養生させたら、飼い主さんのもとに返せまっしゃろ」

「飼い主が迎えに来ますのやろか」

「どないやろ。いまは宅配便で、あんじょう送れるそうでっせ」

「はあ、宅配便で」

「レース鳩の迷い鳩は多うおまっせ。レース中にもはぐれるし、練習中にも鷹《たか》に追われたりしてな。そやさかい、大手業者の『日通』ちゅうとこがケアしてますのや」

「宅配の業者さんが取りに来てくれはるの」

「便利なもんですわ。お嬢ちゃん、どないしはりまっか」

可奈という女の子が、惜しそうに鳩を眺めていることに気づいて、植木の男がいう。

「お宅で養生させはりまっか。餌は鳩の餌か小鳥の餌をやっといたらええ。水はスポーツドリンクみたいなのを薄めたのがええちゅうことでっせ」

「あんさん、妙なこと詳しゅう知ってはりますねえ」

「お寺さんには鳩が集まりまっしゃろ。迷い鳩もときたま見かけますねんわ。境内にはよく出店しとりまっさかい」

「可奈ちゃん、どうする？　餌をやる？」

こくりと頷《うなず》いた少女に、男は鳩を渡した。子どものダウンジャケットの胸が、再び小さく膨《ふく》らむ。

「ほな」

二人が去ろうとするのを、植木の男は引きとめた。

「ちょっと待っとくなはれ」

出店のわきに立てかけられていた、背丈ほどの厚板を、男は二人の前に運んできた。古びた板が二枚、蝶番《ちょうつがい》で合わさっているように見える。

男はおもむろに板を開いた。

鮮やかな色が、いちどきにこぼれ出て、ぱっと目を奪う。板かと見えたのは、木製の羽子板《はごいた》のショーケースであった。総計五十数枚を数える羽子板が収まり、屏風《びょうぶ》のように立てると壮観である。

「あらあ」

子どもはむろんだが、むしろ年配の女のほうが目を丸くした。

「お嬢ちゃん、来年は、これで空を漕いでゆきなはれ」

「空を……？　漕ぐ……？」

「羽子板の形は、船の櫂《かい》、あの先っぽによう似とると思いまへんか」

極彩色のめでた尽くしが、気分を浮き立たせる。

「昔は、こぎ板ともいったそうでっせ」

「こぎ板？」

「〝船を漕ぐ〟のこぎ板かどうかは知りまへんけど、こぎ板、はこぎ板、はねこ板……、昔はいろんな名で呼ばれてたらしいわ」

「見事なもんやね。いかほどですのん」

羽子板のそれぞれには、値段がつけられていない。男は懐から算盤《そろばん》を取り出し、玉を軽く弾《はじ》いてみせる。

「え、五千円？」

のぞき込んでの困惑まじりの声に、男は破顔した。

「これだけ……、といいたいところやが、上げまっさ。鳩助けのご褒美《ほうび》や」

子どもに好きなのを選ばせると、反古紙《ほごがみ》でくるみ、持たせた。

祖母と孫とは、礼をいい、何度も振り返りながら、鳩を懐に帰っていった。

「よいお年を……」

そこへ、鐘楼《しょうろう》の鐘が鳴り始めた。見れば、寺男が鐘つきをはじめている。男は手を止め、耳を澄ました。

「あーあ、やっぱり、あかんわ……」

途中でため息をつき、やおらに店をたたみ始めた。

「何が〝あかん〟なんですか」

涼やかな声のするほうを振り返れば、妙齢《みょうれい》の美女である。

「あ、きてはりましたんか」

「そりゃ、一も二もなく参上しますよ。先生のお呼び立てですもの」

「遠いとこ、すんまへんなあ。せっかくの冬休みやろうに」

「とんでもない。お伴できるのが嬉しいんです」

垢抜けた姿の女性は、美術雑誌『三昧境《さんまいきょう》』編集部の木島直子《きじまなおこ》であった。

「それにしても、絶句するような品揃えですねえ……」

木島直子は〝先生〟がしまいかけている盆栽や植木を、ざっと眺め渡した。

――あっちの鉢は、たしか某栽培家のもと《おもと》にしかない、黄色い椿の珍種……、あーあ、こちらは盆栽の大家が丹精された万年青……。

知る人ぞ知る名品の数々が無造作に置かれ、特売の値札が付いている。

——まったくもう、この先生ときたら。

慣れてはいても、木島は男の破天荒《はてんこう》ぶりに呆れかえる。続いて、商品をくるむために置いてある紙にも目をとめた。

「この包装紙……、先生お手製の〝初夢〟じゃないですか」

長き夜《よ》の遠《とお》の眠《ねぶ》りの皆目覚め
　波乗り船の音の良きかな

いっけん習字か何かの反古紙にも見える包装用の紙には、図柄があった。七福神がみな乗り合わせた宝船に、廻文《かいぶん》を上書きにした絵図は古式ゆかしく、駿河半紙《するがばんし》に墨刷りにしてあり、ご丁寧《ていねい》にも、江戸ぶりそのままの形を踏襲《とうしゅう》している。

正月二日の夜に、宝船の絵を枕に敷いて眠ると、よい初夢が見られるといい、「長き夜の……」の歌は、上から読んでも下から読んでも同じ廻文で、宝船にはつきものである。

「〝宝船を売り歩いたら、身の幸福を得る〟いいましてなあ。その昔は、名家の若旦那はんが縁起を担ぎ、宝船の絵をわざわざ露天に売りに出ることも珍しゅうなかったっちゅうこっちゃ」

「うちのカメラマンを連れてくるんだったわ……」

木島直子の目は、羽子板のショーケースに釘付けになっている。

「素晴らしいコレクションですねえ。江戸期から明治期のものがほとんどじゃありませんか。次の『三昧境』のグラビアで特集させてください」

「昭和のもんもあったんやけどな。清方《きよかた》さんのが欠けたわ」

「え、まさか」

鏑木《かぶらぎ》清方が絵付けした羽子板が、なかに混じっていたらしい。

「売ってしまわれたんですか」

「貰《もら》われていったんや。お宝はなあ。天下の回りものでっさかい」

「道楽ですねえ……」

木島直子はあきれ果てる。

そのうちにも〝先生〟は店を手仕舞《てじま》っていった。

台車に載せた荷の数々は、寺の裏手に駐《と》めたワンボックス・カーに、手際よく積まれてゆく。といっても、車内はもとよりぎゅう詰めである。家財道具や段ボール、工具に梯子《はしご》、板切れに、藁縄《わらなわ》や麻袋など、後部はがらくたのようなもので雑然としている。天井に渡されたポールには、作業着か、くたくたの作務衣《さむえ》かといった働き着らしきものがハンガーで吊《つる》され、風来坊《ふうらいぼう》のねぐらのようでもあった。

フリーマーケットの出店者の車のなかは、いずれも似たようなもので、誰も気にとめていないが、木島直子は、いま〝先生〟が店頭に出していた品々だけでも、玄人《くろうと》が値を付けたら幾らになろうかと考えるだけで、目眩《めまい》がしそうになる。

ぼろばかりに見える積荷のなかに、重文クラスのものが積まれていることさえ、珍しくない。

――この〝おっちゃん〟が、あの〝佛々堂《ぶつぶつどう》先生〟だとは、誰も気づかないでしょうね……。

綿入れ姿の先生を横目に、木島直子は苦笑した。

関西きっての数寄者《すきしや》にして、〝何ぞおもろいこと、おまへんか〟と全国を東へ西へと走り、広壮な自邸にはたまにしか戻らず、諸国行脚《あんぎや》のその日暮しを洒々落々《しやしやらくらく》と送る、知る人ぞ知る風流人。

木島直子は佛々堂先生を慕うシンパの一人で、いつのまにか先生のすることを手伝わされている。

「……で、先生、何が〝あかん〟なのですか」

先刻、境内で佛々堂先生が呟《つぶや》いたぼやきのわけを、木島は再び尋ねた。

「ふん、あのことかいな」

「はい」

「いまは内緒や」

「どうしてです」

「わしも、ええ初夢が見たいと思うてますねんわ」

「……？」

「見たい夢のなかみは、話したらあきまへんやろ。せやさかい、現実になったら、そのときには明かしまっさ」

どこか遠くで、鐘の音が鳴った。また島内の、別の寺でもあろうか。

佛々堂先生は耳を澄ましたが、やはり首を振った。

ワンボックス・カーの助手席を、先生は手早くきれいに空けていた。

「直子はん、ちいとばかし手伝《てつど》うてもらいたいんですわ。さ、乗っとくなはれ」

三

「また、鳩のことですか」

風見秀一《かざみしゅういち》はうんざりしかけたが、東京の雑誌記者だという木島直子の、端正な横顔に免じて答え続けている。

鳩舎《きゅうしゃ》を構えていた父親が亡くなってからというもの、面識のない来訪者が増えた。

「お父様は、かなりの趣味人でいらしたそうですね」

「気が多かったんじゃないでしょうか。私なんかには、手に余ります」

父の風見龍平《りゅうへい》は、オリーブ農園を経営する傍ら、鳩のレース、骨董蒐集《こっとうしゅうしゅう》、書道、庭いじりなど、いながらにしてできる趣味に興じていた。

「物好きでないと続きませんよ」

「伺う途中で拝見しましたけれど、広々としたオリーブ農園ですねえ」木島は、オリーブ園を引き継いでいるという秀一の気をそらさぬようにいう。「オリーブオイルと石鹸《せっけん》を頒《わ》けていただきたいわ。どちらも自家製だそうですね。パッケージのデザインがきれい」

「父が鳩好きでしたからね。父は、旧約聖書からあのデザインを起こさせたんですよ」

「旧約聖書……ですか」

「ええ。『創世記』の〝ノアの箱船〟から取りました」

『オリーブ園KAZAMI』のシンボルは、オリーブの若葉を口にくわえた鳩である。

「『創世記』によれば……」

秀一は、手短にいった。

神は、自分が創造した人や生きものが、道を乱すのに心を痛め、洪水を起こして、すべての種を滅ぼそうとされた。ただし、全《まった》き人であるノア一家には箱船を造らせ、すべての生き物それぞれひとつがいをピックアップして乗せ、洪水がおさまるそのときまで待ち、難を逃れよと告げた。

「洪水がおさまったとき、水の引きぐあいを確かめるために、ノアは鳩を放ちました。鳩はオリーブの若葉をくわえてき、ノアは水が退《しりぞ》いたことを知ったんです」

「その鳩をデザインに使うなんて、素敵な発想ですね」

「オリジナルの思いつきではないです。煙草《たばこ》の『Peace』に鳩の意匠が施されているのをご存じですか。紺地の外箱に、オリーブの枝をくわえた金色の鳩が描かれています。昔から、鳩とオリーブはシンボリックに使われてるみたいです」

「でしたら、お父様は、故事になぞらえて、修辞《レトリック》を使われたわけですね。さすが好《こう》事家《ずか》ですわ」

「……ま、話の種くらいにはなりますね」

「撮影できるオリーブ製品の見本品はありますか。シンボルマークのついたものがいいのですが」

いって、木島直子は、にわかカメラマンのほうをちらと見る。洗い晒《ざら》しのダンガリー・シャツにデニム姿で三脚を担いでいるのは、佛々堂先生であった。

「ところで、鳩舎のほうは？」

風見秀一が『オリーブ園ＫＡＺＡＭＩ』のエキストラ・ヴァージンオイルを手に戻ってくると、木島は話題を戻した。木島の関心は、風見家のレース鳩にある。

「裏手にありますがね、いまは使っていません。私も、当初はレースをやってみようかと思わないでもなかったのですが、とても続きませんでした」

「では、鳩は……？」

「二百羽ばかりいたのですがね。餌やりだけでもひと苦労なんですよ。ましてや、飛行訓練なんて、とてもとても」

「手放されてしまったのですか」

そういえば、あたりに鳩の姿はなかったと、木島は思い返す。

「手が掛かりますからね……」

二百羽の鳩が一日に食う餌は、およそ六キロ。鳩の筋トレは朝食を与える前に一時間。竹竿で脅して一度鳩舎から追い出し、餌を食べたくなって降りてくるのを、また脅して飛ばす。そんなことを繰り返す父の姿を、自分に重ねたくはなかったと、秀一はいう。

「ですから、レース仲間数名に引き取っていただきました」

鳩のやりとりで、一時は忙殺されていたと、秀一は洩《も》らした。個別の引き合いがあったためである。

レース鳩には、サラブレッドさながらの血統があり、一羽が数十万から数百万で取引されるものも、なかにはある。

「そうですか……。お父様は優秀なレース鳩を数多く育てていらしたと伺ってます」

競馬と違い、鳩レースには金銭による賭《か》けがない。ギャンブル色は、きわめて薄いといえた。それでも、血統種には高値がつく。鳩レースに熱中するフリークの多くは、我が手で優秀な鳩を創り、育てて勝たせることを夢見ている。特質の異なるさまざまな種を掛け合わせ、子を産ませる。その戦績を競い合うのだ。交雑を支配し、成果を確かめる——まるで神のように。

「まあ、そうはいっても、趣味程度のことですから」

鳩の売買は、数がまとまって、それなりの額にはなったのだが、秀一はそのことには言及しなかった。

「引き取り手の鳩舎にも出向いてみたいのですが、ご連絡先をご教示願えませんか」

「引き取り手ですか。しかし、奇特な方ですねえ……。レース鳩の系譜までお調べになるなんて」

「私どもの『三昧境』では毎号、並々ならぬ方々の趣味趣向を詳細に取材し、特集していますので。お父様は生前、骨董、お庭のほかに鳩の育成に熱中していらした。読者の興味を引きますわ」

「そんなものですかねえ。まあ、いまふうにいえばオタクというんでしょうか」

「どの鳩がどの鳩舎に引き取られたのかは、お分かりですか」

「うーん、そこまでは覚えてませんねえ」

秀一は頭をかく。「でも、引き取った側では分かっているのではないですか。相手先の名刺ならありますよ」

「資料は何か、ございませんか。鳩の由来や掛け合わせについて、お父様が書かれたものとか」

「あれば助かったんですがね。亡くなってから、相続のことなどもあって、父の書斎をひと通り捜しましたが、見あたりませんでした。机には始終向かっていましたから、何か書き付けが残ってはいないかと思ったのですが。字の手習いでもしていたのかもしれませんしねえ」

「そうですか」落胆が声に出る。「では、鳩舎とお庭、それから書斎と骨董品の写真だけでも、収めさせてください」

「構いませんよ。弟妹には、私からいっておきましたので」

「弟さんに妹さん……ですか」

「骨董は、妹が譲り受けてましてね。庭は弟が相続しました。レース鳩とオリーブ園は、私が。母は早くに亡くしてますので」

「ご兄妹に、お父様のご遺言があったのですか」

「そちらのほうは、父には生前からの心づもりがあったようで、きっちりと遺言状にありました。弁護士に書類が預けられておりまして」

一同は屋敷のなかを移動し、秀一は書斎の扉を開けた。

「父は、ガンの告知を受けましてね。死期を心得ていたものですから、少しずつ身辺を片付けてはいたようです。しのびなくて、そのままにしてありますので、雑然としていますが」

謙遜《けんそん》のわりに、書斎はかなり整頓されている。書棚の本も種別に調えられており、骨董品の数々は、デスクの上に出されていた。撮影しても構わない分ということだろう。

デスクのほかに、窓際の一角に文机があり、筆架《ひっか》や墨硯《すみすずり》、水滴《すいてき》、文鎮《ぶんちん》、用紙の束などが整然と置かれているのは、故人が書道を楽しんでいたゆかりに相違ない。小刀、目打《めう》ち、竹製の物差しなど、懐かしい文具も文机のトレイに並ぶ。

——この書斎に見つからなかったのなら、やはり、鳩に関して書かれたものはないのだろう。

木島直子はざっと眺めて断じた。

いっぽう、部屋の様子を、机上の物品をと、佛々堂先生は早くもアトランダムに室内を撮り始めている。先生の写真は玄人はだしで、撮影も手慣れたものであった。

ふと、興味を引かれたというように、先生は文机から何かをつまみ上げた。見れば鉄製の、長さ九センチばかりの細い棒である。動物の長爪のような形に先端が尖っている、末端には楕円形《だえんけい》の穴が開いている。

「それ、何ですかね」風見秀一が首を傾げる。「文鎮がわりかもしれませんが、あまり見ない形でしょう。前から、何に使うものかと思ってたんです」

「これやったら、わし、わかりまっさ」

先生は、こともなげにいう。

「え、本当ですか」

「俵《たわら》に使う縫い針でっせ」

先生がいう。

「……俵、ですか」

秀一はけげんそうである。

「俵に使うだけではのうて、藁縄を針穴に通してな。藁製品なんかを縫い締めるのに使うもんやと思いまっせ」

「なるほど……。さすが、カメラマンの方は見聞が広い。でも、親父は何に使っていたんだろうな」

「さあて。直子はんならどう解きまっか」

話を振られ、直子は困《こう》じてお茶を濁《にご》す。

「……骨董趣味の方は、形の美しさだけに惹かれて、昔の生活用具を手元に置くことも多いですよね。お父様も、そんなおつもりだったのでは」

「凡人には理解し難いな。あの、木島さん」話の成り行きにつられたのか、風見秀一が、にわかに切り出した。「伺いたいことがあるのですが」

「何でしょう」

「このアンティークのなかに、目を引くような逸品はあるんですか」

「そうですね……」

木島は詰まった。机上に出されたひとつひとつを、ためつすがめつしてみる。いずれも筋は悪くないが、それぞれが優品どまりで、逸品、絶品というものは見あたらない。

「やはり、あまり飛び抜けたものはないんでしょうね」

「いえ、そんな」

慌てて、木島は、目についた二、三の陶器や書画の由緒について、知る限りを話してみる。が、秀一は食いついてこず、かわりに再び質問してきた。

「『三昧境』は、好事家の方々に人気の高い雑誌とお聞きしました。そこの編集の方なら、あるいはご存じかもしれない。ひとつお尋ねしてもよろしいですか」

「私に分かることでしたら」

「〝チョウイワイ〟って、何のことだと思われますか……？」

「は？」

「チョウイワイです」

「どんな字を書くんですか。チョウは昆虫の蝶でしょうか。それとも超かわいいの〝超〟なのかしら」

「それが、判然としないんです。何かの符牒《ふちょう》なのかと」

「……どういうことです」

「父がいい遺したんです。俺《おれ》が死んだら、チョウイワイ……と。どういう意味なんでしょう。ご存じないですか」

「お聞き違いではないのですか」

「それが、我々兄妹が三人揃った、臨終の席でのことだったんです。皆、確かにそう聞こえたと」

鳩レースの世界で使われる符牒か、骨董用語か。はたまた、造園にまつわるものか。兄妹三人がそれぞれ、知恵を絞り、聞き回ってもみたが、答えは出ずじまいであった。

「どうでしょう。趣味趣向の世界には、こんな符牒はないですか」

期待を込めた目が、木島に注《そそ》がれる。

「さあ……。見当がつかないわ。カメラマンさん、どう思う」

木島は困惑のあまり、佛々堂先生に助け船を求めた。

「さてなあ。何のことでっしゃろな」

さらりと受け流される。

「お役に立てず、すみません」

仕方なく、木島は兜《かぶと》を脱いだ。

「いやあ、こちらこそ、すみません。いつも頭の片隅にひっかかっていましてね。永遠の謎になりそうですね」

秀一は肩をすくめた。

書斎から、鳩のいない鳩舎へ、主庭へと、案内は続いた。

「手入れが行き届いておらず、お恥ずかしい限りです」庭を見歩きながら、風見秀一がいう。「父は作庭とやらにも熱心でしたが、弟は若いですからね」

「お幾つくらいなんですか」

「まだ三十そこそこです。庭だのといったものに関心はないようで。といって、庭師さんに頼むとなれば、それなりに費用がかかりますから、会社づとめの身ではねえ。荒れようが目に余るほどになったなら、私が面倒を見てやらなくてはと思っています」

秀一が口にした通り、剪定《せんてい》などはなおざりになっているものの、枯滝石組《かれたきいしぐみ》を主景に、樹石《じゅせき》を配し、山水の勝景《しょうけい》を模した気品ある庭趣である。佛々堂先生は、樹木を仔細《しさい》に眺め、目を細めている。

「こちらが庭仕事用の小屋です」

鳩舎にほど近い井戸のすぐ脇に、あずまや風のスペースが設けられ、庭仕事の道具が整然と並ぶ。一角には、麻袋が二、三嚢《のう》積まれていた。

「お父上は、何かお庭のお仕事中だったのでっしゃろか」

袋に目をとめた先生が尋ねる。

「私には何とも」

「袋のなかを、ちいとばかし見せて貰《もろ》てもよろしいやろか」

「どうぞ」

秀一の快諾に、先生は袋の紐を緩めてみる。

「何でした？」

袋から覗いている植物の繊維《せんい》に目を凝らし、先生は呟いた。

「国産の麻やと思いまっせ……」

四

「ふむふむ」

ハンドルを握りながら、佛々堂先生は独り合点《がてん》といった様子であった。

「なかなかどうして。亡くならはった風見龍平はんは、めっちゃ洒落《しやれ》っ気《け》のあるお人やったようでっせ」

「洒落っ気……ですか」

木島直子には、まったく様子が呑み込めていない。それもそのはずで、木島が聞かされているのは、佛々堂先生が鳩を捜しているということだけであった。件《くだん》の鳩は『オリーブ園KAZAMI』の、故風見龍平子飼いの鳩である。どうやら、風見龍平は、その存在を子らにさえ明かしていなかったらしく、鳩は行方知れずになっている。あるいは、すでにほかのレース鳩愛好家に譲り渡されてしまったのかもしれない。


二人が取材の名目で、風見家を訪れたのには、そんなわけがあった。

「よっぽど高価な鳩なんでしょうね。レースに勝ち続けたとか、折り紙つきの血統だとか……」

「それは分からん。鳩の名前も姿も、明かされておらんのや。ただ、どうやら手がかりはつかめたようや」

「鳩の件の？」

「たぶん。風見はんは、遺族に謎かけをしたんと違いまっしゃろか」

「あの言葉ですか。いまわの際に洩らされたという〝チョウイワイ〟とかって」

「ご名答やわ」

「もったいぶらずに教えてくださいよ。チョウイワイって何なんです」

「ほな、さわりのとこだけ教えときましょか。〝チョウ〟は、帳面の〝帳〟ですわ」

「帳……。それだけですか」

「おいおい分かりまっしゃろ」

「はいはい。……で、どこまで行くんです」

心得たもので、木島は助手席の背もたれに身体《からだ》を預けた。趣向を明かされぬまま、西へ東へと車で奔走《ほんそう》する先生に付き合わされることは、珍しくない。

「いや、今日は宿屋へ直行や。押し詰まってて、時間があらへん」

「あら、珍しい」拍子抜けした。「本当に、先生ときたらあまのじゃく。師走《しわす》になったと思ったら、かえって走らないとおっしゃるんですから……」

「そのために、直子はんにおいで願いましたんや。手分けして、電話で聞き回りたいことがありまっさかい」


「先生、当たりましたよ」

携帯電話を片手に、木島直子は声を上げた。

指示の通りに小当たりした栃木県の農家で、小豆島から麻の発注を受けたという答えが返ってきた。

「やっぱり、栃木県の粟野《あわの》地区の農家が、風見さんから麻を頼まれたそうです」

「せやろ。いま、国産の精麻《せいま》が手に入るとしたら、あそこくらいのもんや」

大麻取締法の規制によって、麻を栽培する地域は限られている。栃木県には、その麻栽培農家が残っていた。精麻は、麻の表皮を干し上げたものである。

「で、風見はんは、何に麻を使うつもりか、いうてはったんかいな」

「風見龍平氏、あちらに出向かれたそうですよ。何でも、自分で麻縄をないたいと」

「地元の人に習《なろ》うたんか」

「講習を受けられたそうです」

「凝り性やなあ」

「かなり上達されたとか。でも、麻縄をなってどうするんでしょうか」

「そりゃ、あんた。帳面を綴《と》じて吊るためや」

「え」

　先生が何をいわんとしているのか、木島には見当もつかない。

「風見はんの文机に、鉄製の、俵の縫い針がありましたやろ。あれに麻縄を通して、帳面を貫通させたのや」

　いいながら、佛々堂先生はデジタル・カメラの再生画像を呼び出した。

「これが……、例の鉄針やろ。それから、こっちが……、帳面の紙や」

　文机の脇にあった、紙束の画像が呼び出される。

「この紙やけど、普通の書道用箋とは、紙も寸法も違いますねん。紙は楮紙《こうぞがみ》やし、寸法は天地五寸、左右一尺一寸ですわ」

「どういう意味です？」

およそ十五センチ×三十三センチ。たしかに、あまり見かけないサイズではある。

「おそらく、茨城の西ノ内和紙やね」

「そんなことまで分かるのですか」

「西ノ内和紙は、その昔、気球に使われてたくらい、強い紙なんや」

楮の和紙は繊維が強く、張りがある。石州《せきしゅう》和紙、細川紙、土佐の清帳紙《せいちょうし》などが有名だが、なかでも西ノ内和紙は良質で強い。

「水戸の御老公が、『大日本史』を著したときにも、お膝元《ひざもと》の西ノ内和紙が用紙に選ばれてまっさ」

保存性の高さを見込んだからこそ、語り継ぐべき史書の用紙として、西ノ内の紙が選ばれた。

「じゃ、つまり」木島直子は頭をめぐらせた。「風見龍平氏は、かなり大事なことを書きつけていたということですか。その西ノ内和紙に」

「和紙は、絹本や洋紙に比べて保存がききまっしゃろ。墨を用いて書きつければ、千年保《も》つといわれるものもある。なかでも楮のものは、とりわけ水ぬれにも強いのや。戸籍台帳や土地台帳にも使われていたもんやが、その楮を使《つこ》うた帳面で、あの寸法となれば、大概《たいがい》は決まったもんです」

「定型のノートなのですか」

「うむ。ずばり、大福帳《だいふくちょう》やろうね」

先生は断言した。

──大福帳。

大福帳は、かつての商店の帳簿にあたる。取引記録は、末永く残しておかなければならなかった。得意先に何を納入したか、どの時期には何を仕入れるか。マニュアルとしても重用されたほか、むろん、客や取引先との揉《も》め事《ごと》の際には、裁判の証拠などにもなる。大福帳が消失すれば、それこそお家の一大事であった。

「『大福帳』いいましてもな、その控え帳を『日家栄帳《ひかえちょう》』、覚え書き帳を『大宝恵帳《おぼえちょう》』と書いて、縁起を担ぎ、家の繁栄を願《ねご》うたものや。風見はんは、とにかく西ノ内和紙に後世に残したいことを記し、麻縄で綴じた。そないなことやと思います」

「……でも、あのお宅の書斎には、大福帳など見あたりませんでしたよね」

大福帳ともなれば、かなりかさばる筈である。

「書斎にはおまへんやろ。別のとこに置いてはると思いまっさ」

先生には、すでに場所まで見当がついているらしい。

「あ、ひょっとして」木島は思い当たる。

「先生。〝チョウイワイ〟の〝チョウ〟は、帳面の帳だとおっしゃいましたよね。つまり、大福帳の帳ですか」

「はいな。昔から、帳祝《ちょういわ》い――祝賀の祝と書きます――ちゅうて、年明けには、商家の縁起を祝う行事がありましたのや。〝帳書《ちょうか》き〟とか、〝帳綴《ちょうと》じ〟ともいわれてましたのやけど」

帳閉《ちやうとぢ》・帳書《ちやうかき》。正月四日、市中諸商人《しよあきびと》も亦《また》、其事《そのこと》を始む。凡《およそ》、年中の物価《もののあたひ》を記すところの簿冊《ちやうめん》を裁補す。これを帖綴《ちやうとぢ》として、おのおのこれを祝す。『俳諧歳時記栞草』

十一日、商家貨買帳《だいふくちやう》を綴《と》ぢ、蔵びらきを祝ふ。『東都歳時記』

「旧来の帳面がありまっしゃろ。正月になったら、そこに新年分の用紙を足して綴じ増すわけです。例年、新たな頁《ページ》をつけ加えるっちゅうこっちゃ」

土地によって日取りや風習はさまざまだが、大福帳を恵比寿《えびす》・大黒《だいこく》に供えて祀《まつ》ったり、蔵の開け初めとともに祝ったりする。

佛々堂先生によれば、そういうことであったらしい。

「ああ、それであの書斎には……」

風見龍平の、文机まわりを、木島は思い浮かべた。何も書きつけていない新の西《さら》ノ内和紙、物差し、目打ち、綴じ針……。帳面を和綴じするための用具が揃えてあったのだ。

「風見はん流の暗喩《あんゆ》でっしゃろ。『大福帳』が遺《のこ》してありまっせ、とほのめかしてはりますのや」

遺族に対し、風見龍平がいまわの際に遺したことばが浮かぶ。

〝俺が死んだら、帳祝い……〟

「どこかに置いてある大福帳を捜して、帳祝いをしろと、龍平氏はいい遺されたわけですね」

「おまけに、縄紐用の麻もたっぷり支度してはりますわ」

「でしたら、大福帳が見つかれば、そのなかに、お捜しのレース鳩のことが、何か書かれているかもしれませんね」

「そうあってほしいものやが……」

先生も、まだ手放しで喜んでいるというふうではない。

「前途多難、ですか」

楽観できないわけが、いっぽうにはあった。

風見龍平のレース鳩は、すべて、すでに別のレース鳩愛好家数名に売り渡されている。

「そうやね。引き取り手の鳩舎にいてくれれば、ともかく追跡できるやろうが……、すでにレースに出されてしまったとしたら、あかんかもしらん」

先生は肩をすくめる。

「そうですね。落ちてしまったかも」

風見秀一から聞き出した連絡先を頼りに、木島は、風見家の鳩が引き取られていった先々に、問い合わせの電話をかけてみた。

引き取り先は愛鳩家《あいきゅうか》たちだけあって、風見家より譲られた鳩の種類や血統は、ほとんど把握している。ただ、なかには、すでに秋のレースに出場し、結果として鳩舎に戻っていない鳩も、かなりいるという。木島が〝落ちる〟といったのは、レースから脱落したという意味だ。

「一度のレースで失われる鳩は、少なくないんだそうですよ。天候によっては、四十羽出して、無事帰着するのが十数羽、ということも珍しくないそうです」

「誰かに拾われて、戻して貰えればええが、鷹にも食われてまうらしいしなあ」

猛禽類《もうきんるい》は鳩の天敵だ。

「そうなってもうたら、おじゃんやね。諦めるほかないわ」

不服そうに、先生は唇《くちびる》を尖《とが》らせる。だだっ子を見ているようで、木島は苦笑いをする。

「でも、先生。お捜しの鳩は、そんなに凄い鳩なんですか。電話で聞いたところによれば、風見さんのレース鳩、エース級のものは別として、〝移籍〟した先では力を発揮していないようですよ」

「ほう」

「風見龍平氏子飼いの鳩ならと、みなさん期待をしていたそうなのですが、鳩の戦績は、さんざんだそうなんです。もっとも、いくら血統が良くても、土地が変われば、すぐには慣れないでしょうし、レースに出して戦績を期待するよりも、その鳩の持ち味を活かして、子の代、孫の代の鳩を作ることのほうが重要視されるらしいですけれど」

「ほな、ひょっとしたら、何か風見はんならではの、勝利の方程式があったのかもしれませんわな……」

「秘訣みたいなもんですか」

「たとえば、秘伝の餌とか、何やかやあるのと違うか」

「特製の鳩餌《はとえさ》レシピですか」

「あの世界でも、こと勝負に関しての駆け引きは、凄いといいまっせ」

「そうなんですか。お金が絡まないし、レース中継なんかもされないから、射幸心《しゃこうしん》が薄そうですけど。意外ですねえ」

「とんでもない。勝ち負けにまつわることでっさかい、ライバル心が猛烈に働くんですわ。そこには情報戦もつきものでな……」

同じ仲間同士で、鳩の戦績を誇りあい、レース前の動向なども占い合うが、誰かが自賛ぎみに洩らした勝利のツボでも、頭から信じてはいけない。

鳩の体調管理に食材の何某《なにがし》を混ぜたのが良かったといわれたものが、実は当の鳩舎で鳩の不調を引き起こした、いわくの品であったりする。

「そんなのは、日常茶飯事やといいまっさ。逆に、秘中の秘策は、絶対に明かすことがないのやと」

「情報操作ですね。どこの世界でも、あるんですねえ、そういう話が」

「聞いた話ではな、レース前の鳩に鍼《はり》を打ってな、勝たせる者までいるらしいわ」

「そんなことまで」

「ともかくも、あとは運を天に任せるほか、ありまへんわな。なにとぞ年内に、万事がうまいこと運びますように……」

五

「え、どこかに父の遺した冊子があるというんですか」

風見秀一は、困惑顔であった。

『三昧境』記者の木島直子と年配のカメラマンとが、再び『オリーブ園KAZAMI』に現れたのだ。

「妙なことを聞くものです」

秀一は、突飛な指摘に、さすがに眉をひそめている。

「あくまでも、推測なのですが。もしかすると、お父様はその冊子に、鳩の系図や何かも記しておいでなのではないかと」

「うーん」

秀一は、あまり関心がなさそうである。それもそのはずで、手元のレース鳩はもう手放してしまっている。いまさら、それぞれの鳩の価値をあらためて知らされたところで、さほどの意味はない。

「それ次第では、〝チョウイワイ〟の謎も、解けそうなんです」

故人が遺したことばにまつわる殺し文句で、木島はあおる。

「お時間は取らせません。ほんの四、五分で結構ですから、確かめさせていただけませんか。もし、見当たらないようでしたら、すぐにお暇《いとま》いたします」

「そうまでおっしゃるなら、見てみましょうかね。どこにあるんです。うちも年末で、取り込んでますから……」

家捜《やさが》しなどはご免だと、秀一は迷惑顔である。

「お庭やと思いまっさ」

「……どこかに埋めてあるとでもおっしゃるのじゃないでしょうね。だとしても、掘り返すのはお断りですよ」

渋るのを、むりやり拝み倒して、揃って庭へと回ってゆく。

佛々堂先生の足には迷いがない。主庭を通り過ぎ、裏手の鳩舎のすぐ脇、庭仕事用のあずまやに向かってゆく。

「この中でんがな」

先生が立ち止まったのは、井戸の前であった。

「……？」

秀一は、半信半疑で重しの石を取りのけ、竹簀《たけす》の井戸蓋《いどぶた》をあけてみる。

――と、そのとたん。

「あっ」

ずるり、と縄音がして手応えがあり、何か重いものが、下へ下へと滑落《かつらく》していった。

底のほうで、激しい水音がした。

――ばさり。

「……あった！」

木島直子と風見秀一とは、異口同音に声を上げた。

驚きと感嘆とが、瞬時、顔の面《おもて》を走る。

ところが、時すでに遅しであった。声は嘆き混じりに変わる。

「――落ちちゃった」

井戸は底暗く、さほど確かではないが、厚手の冊子の形はわかる。長い麻縄で吊られていたものが、何かの拍子で落ちたらしい。帳面が水に半《なか》ば浮き、半ば沈みかけてゆくようにも見えた。

「せっかくの大福帳が……」

木島は、呻《うめ》いた。

「亡くなったお人のことをいうのは、口幅《くちはば》ったいもんやけど、風見はんは、ほんま、お人が悪かったですなあ」

先生は、ブツブツ文句をいっている。故人に出し抜かれた形になったのが、よほど悔しいらしい。

「風変わりなお人や、いうことはわかっとったけど、ここまでしてはったとは……」

さすがの先生も、故人の仕掛けによって、大福帳が井戸のなかに落とされるとまでは思っていなかったらしい。

「風見はんは、わざと大福帳が井戸に落ちるように仕組んではったのや」

誰かが蓋を開ければ縄が外れて、大福帳は井戸へと落ち込む。

なぜ、そんな細工をしたのか。

木島直子も、先生に聞かされてようやく知った。

そもそも大福帳は、井戸とは浅からぬ関係にあった。恒常的に保管することが求められ、かつ後世に伝えるべきものであるだけに、被災を想定し、それを免れるためのの手法が編み出されていた。

当時、もっとも懸念されていた災害といえば、火災である。

「火事ともなれば、大福帳は即座に井戸に吊されたもんや」

「なぜ、そんなことを？」

「万が一、火が回ったら、大福帳を井戸のなかに沈めるためや」

「……でも、それでは」

使いものにならなくなるのでは、と木島は気を回すが。

「気球になるほどの紙でっせ。とくに西ノ内和紙は」

西ノ内和紙に限ったことではないが、楮紙でできた大福帳は、濡れたぐらいではびくともしないし、墨で書かれた文字も水で滲《にじ》んだりはしない。

「いったんずぶ濡れになってしもうても、乾かせばまた、元通りに用をなす。最近の記録媒体とやらでも、こうはいかないのと違いまっか」

たしかに、ディスクのたぐいやＵＳＢメモリは水濡れには弱い。濡れれば記録はふいになるだろう。

かつての定石《じょうせき》になぞらえて、風見龍平は大福帳を井戸に吊しておいた。そこまでは、佛々堂先生の読み通りであった。

そこに、風見龍平は意表をつくひと幕をつけ加えた。実際に大福帳を水中に落としてみせるとは、御念の入ったことをするものである。

「風見氏は、大福帳にまつわるかつての風趣を、リアルに蘇《よみがえ》らせたかったんですね」

「ふん、物数奇《ものずき》やな」

負け惜しみのように、先生はいう。

「まあ、年明けの帳祝いには、じゅうぶん間に合いまっしゃろ。おめでたいことやおまへんか」

大福帳は陰干しにされ、いまは元通りに乾き、風見家に収まっている。

「お目当ての鳩に関する手がかりも、見つかりましたしね……」

大福帳のなかには、佛々堂先生が捜していた鳩についての記述があった。血眼で鳩を追いかける必要は、もうなくなった。

先生は唇を尖らせ、再び文句三昧《ざんまい》だ。

「まったく、風見はんときたら」

風見龍平は、思いのほか抜かりなく、必要な時期になれば、必要とする人たちのもとに件の鳩が届くよう手配していた。

「まあ、良しとしときまっか。わしも、これでええ初夢が見られまっさかい……」

六

風見秀一は、『オリーブ園KAZAMI』の歳末煤払《すすはら》いと同時に、鳩舎を隅から隅まで掃除し、きれいに磨き立てた。

あらためてレース鳩を育てるつもりは毛頭ないが、ある種の鳩に対する関心をかき立てられている。

——お宝、か。

父の遺した大福帳には、子飼いのレース鳩の一々についても、系統から気質まで、詳細に記してあった。

しかし、はじめからその旨を知らされていたとしても、鳩をほかの鳩舎に譲り渡すについて、さほどの値動きがあったようには思われない。愛鳩家たちは、さすがに鳩を熟知しているのであろう、相応の値をつけてくれていた。

宝は、別のところにあった。

兄妹三人のそれぞれに宛てて。

そのほかに、亡くなった父が、レースには出さない鳩を育てていたことを知らされたのである。

——おそらく、いまごろは。

秀一は、遠い東京の空の下に思いを馳せている。


なんとはなしに、心せわしい。

街角には、すでに門松《かどまつ》や注連飾《しめかざ》りが飾られて、歳末大売り出しがにぎわうなか、大ぶりの鳥籠《とりかご》を手に、風見実咲《みさき》は空車をとめた。

おとなしい犬や猫がおさまったキャリーバッグならともかくも、鳥籠を抱えてバスや地下鉄を使うのは、さすがにためらわれた。なかが見えないように布でカバーをしているとはいえ、引っきりなしに洩れるクゥポゥという音から、なかにいるのは鳩と見当をつけ、もの珍しげに見るひともいる。

タクシーの後部座席に、鳥籠を乗せ、自分も乗り込む。

——本当に、鳩は幸せを運んでくれるのだろうか。

学生の身で、常ならばタクシーを使う余裕などないのだが、ことこの鳩の件では、亡くなった祖父から、餌代ほかとして小遣いを預かっている。

「お客さん、鳩ですか」

走りながら、ドライバーが尋ねてくる。やはり誰にでも馴染みのある鳴き声を聞きとめたのだろう。

「飼い鳩なんです」

「へえ。鳩って、飼えるんでしたかねえ」

野生化したドバトを見慣れていることから、みな飼い鳩というと不思議そうな顔をする。鳥獣保護法に触れそうだと思うのかもしれない。

実咲は、ぐっと立派なレース鳩を見慣れている。祖父の飼っていた鳩は、いずれも品種改良が進んでい、体格がいいうえに、トレーニングで筋肉がみっしりとつき、人間でいうならヘラクレスかというところであった。レース鳩は、みな家禽《かきん》である。

〝その鳩は、飛ばす鳥ではないけれど……〟

祖父の生前、東京のアパートに鳩が送られてきたときには驚いた。

実咲は上京し、大学に通っている。

手紙が同封されてい、鳩二羽の面倒を見て欲しい旨が認《したた》められていた。以来、つがいの鳩を半年ばかり手元に置いてきた。

〝家のみんなには内緒にな〟

いっぷう変わった指示にも従ってきたのは、幼少の頃から『創世記』の話を聞かされ、嘴《くちばし》にオリーブの若葉をくわえた鳩を、いつも目にしていたせいであろう。

手紙には、地図が添えられていた。

年末のとある日に、地図の場所に赴き、指定の人物に鳩を渡す。

――といっても、譲り渡してしまうのではなく、一両日限りの貸し出しである。どちらかの鳩の命が続く限り……、今後毎年そうするべしと、祖父は書いている。

鳩の寿命は十年ばかりであった。

「たぶん、このあたりだと思いますよ」

実咲が示した地図を参考に、運転手は路肩に車を寄せた。

「ここは……、地下鉄ならどこの駅が近いんですか」

先刻まで走っていたのは銀座あたりだと思ったが、少しばかり脇道にそれただけなのに、思いのほか、深閑としている。

実咲は東京の地理にはうとい。

「宝町あたりじゃないですか」

見回せば、敷居の高そうな画廊やサロンばかりである。京橋から、この宝町を経、日本橋にかけての裏通りは、老舗《しにせ》の骨董店やギャラリーが軒を連ねるあたりであった。もっとも、すでに年末年始の休暇に入っている店も少なくない。アンティーク業界の時間は、おっとりと流れている。

飾り窓のひとつひとつを、実咲はおそるおそるのぞき見る。

磨き立てられて鏡面のようになったショーウィンドウに、鳥籠を抱えて行き惑うおのが姿が、くっきりと映った。

ククゥポゥと、鳩が笑ったようである。

『知恩堂』

――この店だ。

祖父から申し渡された店の名を、実咲はようやく探し当てた。古色蒼然たる無垢板《むくいた》に浮き彫りにされ、青銅を思わせる青丹《あおに》の色に塗られたそれを見分けるのに時間がかかった。

とりわけ品格の感じられる佇《たたず》まいに、実咲が臆し、ためらいかけたその時、奥から上品な老紳士が微笑みかけてきた。

すぐさま扉が開かれ、丁重に招き入れられる。

「待ちかねておりました。風見氏のお孫さんですな」

老紳士の目は、鳥籠に注がれた。鳩の鳴き声が洩れるやいなや、ぱっと顔を輝かせる。

「はい。ご主人ですか」

「これは申し遅れました。知恩堂でございます」

「鳩をお届けに上がりました」

「わざわざお越しくださいまして。故人のおはからいに、一同感じ入っております。どうぞ、こちらへ」

店先に案内され、促されて鳥籠を覆う布をはぎ取った。

「おお」

主人のうめき声に呼応するように、店の奥がざわついた。

知恩堂の主人にもひけを取らない、りゅうとした身なりの客たちが、そわそわとこちらに歩み寄ってきながら、それぞれに感嘆の声を上げている。

「来ましたね」

「いやはや」

「おやおや」

「何と。間に合いましたな」

口々に洩らすことばから、祖父の鳩が——鳩こそが——この男たち全員に待たれていたことがわかった。

喜色満面の男たちに、実咲は気圧《けお》されながらも、狐《きつね》につままれたようになる。

――この鳩は、いったい。

レースに出す鳩ではないと、祖父には知らされている。見たところも、祖父の鳩舎で見たエースたちのように逞《たくま》しくはない。姿も、羽も、取り立てて美しいというわけではない。

――なのに。

鳩を眺める男たちの目ときたら、いずれも熱に浮かされ、あたかも崇拝している女性に再会できたときのよう。

集まりが、ただの鳩愛好家ではないというのは明らかだ。実咲が幼い頃から見慣れてきた祖父の鳩仲間たちは、いかにも物堅そうで、鳩のほかには目をくれそうもなく、質朴な雰囲気であった。ところが、この男たちの風采は、いずれも垢抜けすぎている。それでいながら、細かな何もかもを見逃さず、目端がききそうだ。そつがなく、油断がない。

あらためて、鳩の由来が気になった。

――何が始まるの。この人たちは、なぜ、こんなに夢中な顔をしているの？

思いがけずに引き込まれ、実咲の胸はときめいた。

七

「これ、歳末のご挨拶《あいさつ》代わりです」

紫縮緬《ちりめん》の風呂敷から、木島直子は、エキストラ・ヴァージンオイルの木箱詰めを取り出した。

木箱の蓋にはオリーブの若枝をくわえた鳩の焼き印が捺《お》されている。『オリーブ園KAZAMI』特製のオイルであった。

「たいそうなものを。有り難く頂戴《ちょうだい》します。今年もお世話になりました。……で、直子さん。その大福帳に書き遺された風見家のお宝ってのは、何だったの」

「はい。それがですねえ」

はや大晦日《おおみそか》である。

木島は東京に戻り、『知恩堂』の店に立ち寄っていた。

「風見龍平氏は、ご自分のお宝をよそに預けていたんです。まるで……、ノアの箱船に乗せておくみたいに」

「ほう」

知恩堂のまなざしが、シンボルマークの鳩に落ちる。

「風見龍平氏の財産を受け継がれたのは、三人のご子息らですが、そのそれぞれに、プレミアムとでもいうべき贈り物が添えられていたんです」

「無くても済むが、あれば嬉しいおまけのようなもの、というわけだね」

「ご長男の秀一さんに向けては、オリーブの遺伝子についての書きつけがありました」

「え」さすがの知恩堂も、聞きとがめた。彼には専門外のことである。「遺伝子って……、また、何のために」

「秀一さんは『オリーブ園KAZAMI』を継いでいらっしゃいます。故風見氏は、三百種を超えるオリーブの種子を買い集め、海外の遺伝子バンクに預けてあったそうです。育苗《いくびょう》と、冷凍保存とに分けて。その仔細が、大福帳に記されていました」

オリーブの原産は地中海沿岸といわれ、おそらくノアの箱船がたどり着いたとされるアララット山——当時のシリア——あたりにも分布していただろう。

古代ギリシアでは黄金の果実といわれ、オイルとしての栽培がローマ貴族を富ませ、ローマ帝国の繁栄をもたらしたともされる果実だが、日本ではほんの僅《わず》かの品種しか栽培されていない。

「風見龍平氏は、そこに着目されたようです。わが国での栽培品種は、ルッカ、マンザニーロ、ネバディロ・ブランコ、ミッションなどわずか数種ですが、世界じゅうには五百種を超えるオリーブの品種があるそうなんです。それを見逃す手はないと」

「栽培品種を多様化させるのも手だというんですか」

「最近は、どこも気候の変動が激しいですよね。温暖化してきましたし、品種の変動もあってしかるべきだと。それに、今後は日本でも油用果実にも世間の目が向いてゆくはずだと、風見氏は」

「油用果実？」

聞き慣れない言葉であった。

「はい。食用のテーブル・オリーブスに対して、食用外オイル専用の油用果実があるそうです。ほら、いまは生態系にやさしいバイオオイルが使われ始めているでしょう」

植物より採取されるオイルは、樹木がCO_2を消費し、酸素に変えてくれる。CO_2削減にどの国も懸命に努めているいま、風見龍平は、油用果実の品種も集めていたのである。油用果実の生産が伸びれば、採油のためのオリーブ栽培も上向きになるかもしれない。

「考えるもんだねえ」

知恩堂は唸《うな》った。

「佛々堂先生がおっしゃってました。〝鳩を創る、オリーブを創る。風見はんは新たな生命体をこの世に放ち、可能性を試したかったのかもしれん。空華《くうげ》のお人や〟って」

「空華か。言葉はきれいだが、私などには禁断の世界だねえ。命の掛け合わせともなると、神仏めいた世界に踏み込むようで」

二人は、『創世記』になぞらえた鳩のシンボルマークを見つめつつ、しばらく黙った。どこまでを粋な遊びとするかの境界線は難しい。

風見家の、残る弟妹に向けられた書きつけにも、木島は簡単にふれた。

「下の弟さんに贈られたものも、オリーブの件によく似ています。弟さんは庭園を相続されたのですが、あのお庭には珍樹や名木が多く、そのすべての種子が保管されているそうです。それから、妹さんはもとより骨董品を譲られていらっしゃいますが、それとは別に、格別のコレクションが美術館に預けられていました。目録がきちんと記されていて、要請があれば返還されるのだとか」

「しかし、良かったのかねえ」一部始終を聞き終えた知恩堂は、なぜか少しばかり浮かない顔になっている。「風見家の三兄妹にとっては、棚からぼた餅みたいな話じゃない。労苦したわけでもないし、父からかけられた謎を、自ら解いたわけでもない。佛々堂先生のお節介がなかったら、例の大福帳は、永遠に井戸に眠っていたかもしれないんだ」

「実は、私もそう思いまして、佛々堂先生にいったんですよ。そうしたら、これを下さいました」

木島は駿河半紙を取り出した。七福神と宝船の絵柄がユーモラスに描かれている。

長き夜の遠の眠りの皆目覚め
波乗り船の音の良きかな

「〝初夢〟の絵じゃないか。佛々堂先生のお手製だな」

「〝宝船を売り歩いたら、身の幸福を得る〟との仰せでした」

知恩堂は吹き出した。

「あのお人らしいねえ。ただし、風見家にとっては、押し売りみたいな話だけれどね」

「押し売りだとしても、そんなことには構っていられないのだともおっしゃってました」

「ふうむ」

「〝わしも、ええ初夢が見たいと思うてますねんわ……〟」

木島は佛々堂先生の口まねをする。

「知恩堂さんにも、この絵を渡しといてくれと念を押されました。なんでも、知恩堂さんが、先生に初夢のお約束をされているそうじゃありませんか」

「そんなことをいってましたか」

知恩堂は苦笑する。

「はい。納会に例の鳩が間に合ったなら、知恩堂さんがお返しをしてくれるのだと、ほくほく顔で」

ここぞとばかりに、木島は食い下がった。

「先生の〝初夢〟って何なんです？　今日こそは聞かせていただきますよ……」

「そうねえ」

含み笑いをしつつ、知恩堂は納会の様子を思い返した。

古美術界の重鎮ばかり六名と、二名の骨董店主が揃うなか、いよいよ、恒例の遊びがはじまった。

「それでは、順次ご披露ください」

知恩堂の誘う声に合わせ、骨董店主二名が、それぞれ桐箱を手に進み出る。

中身はいずれも、利休書状であった。

一般には、千利休の書状など、滅多になかろうと思われているが、実はかなりの数が現存している。

数字を確かにつかむことはできないが、三百五十通をはるかに超える書状の存在が確認されてい、いまだに何通かは市場に出てくる年がある。今回は、新たに二通が見つかったとされている。

この納会では、その双方が披露される運びであった。

「はてさて。このたびの書状、自筆か否かの判断が、いまにも下されようといたしております……」

知恩堂が呼ばわった。

利休の書状といえば、古美術界ですぐに連想されるのは、自筆か否かということであった。

真偽の問題ではない。時代からしても相応であるし、書状の宛先、文の詳細な内容、いずれを照合してみても、利休が送ったものには相違ないのだが、筆跡がごく僅かに違うものが混じっている。

種を明かせば、利休には右筆《ゆうひつ》がいたのである。

いうまでもなく、右筆とは貴人に仕えて手紙を書く専門職のことであるが、こと利休の右筆に関しては、いわくがあった。そもそも、利休右筆の存在が議論の対象となったのは、いまを遡《さかのぼ》ること、およそ三十数年前に、『江岑夏書《こうしんげがき》』なる古文書の記述に、村井康彦博士が気づき、著作で発表してからのことであった。

『江岑夏書』は、利休の曾孫にあたる江岑宗左《そうさ》が、父親、つまり利休の孫に当たる千宗旦《そうたん》の談話をまとめたもので、記録性が高い書物として評価されている。そのなかに、利休の使用人たちに触れた部分があった。

……利休代筆ハ大形なるミ手に候。

(利休の代筆は、おおかた鳴海がつとめたものです)

何と、千利休には鳴海という右筆がいたというのである。

この発見がなされるまでは、業界でも、存在するほんもののすべてが利休の自筆とされていたのだから、波紋は大きく、当初は論議を呼んだ。利休ほどの数寄者が、はたして代筆を置くであろうかと、疑問を投げかける向きも多かった。

それに決着をつけたのは、古筆学研究の第一人者であった。古美術界に声をかけ、現存する利休の書状を御自《おんみずか》らカメラで押さえ、筆跡から真筆を選別するという地道な作業を、何年にもわたり続け、とうとう、右筆による書状が四十数通以上は見られると、断定されたのである。

以来、ほんものの利休書状が出たとなれば、自筆か、あるいは右筆か、選別することが斯界《しかい》では通例となっている。

「このたび披露されました二通、いずれもほんものと判定されてございます……」

知恩堂は口上を述べた。

すでに、台上のディスプレイ棚に片や短い礼手紙、片や届け物にまつわる一幅の手紙が立てかけられて、判定の時を待っている。双方の前にはそれぞれ、架台が置かれ、なぜか、紐付きの鈴が吊されている。

「いずれが利休の真筆か。あるいは右筆のものか。それでは真打ちのご登場、よろしくお願いいたします。一、二の三」

号令に合わせ、幕間《まくあい》から放たれたのは、何あろう、風見実咲が知恩堂に渡した、あの鳩たちであった。

首を前後に振り振り、鳩は歩いてゆく。

皆、固唾《かたず》を呑んで見守るなかを、鳩たちは悠然と前進した。鳩二羽は同じ方向に進み始め、台上に飛び乗ると、二通の書状を見定めるかのようにきょろきょろと左右に目を走らせている。かと思うと、一羽がふいに利休の短信の前に置かれた架台に飛び乗り、嘴で紐をくいくいと引いて音を鳴らした。二、三度鈴音が響くと、満足げに羽ばたいて、地上に降りた。続いてもう一羽も、同じ架台に取り付いて、同じ動作を繰り返した。

「おお」

一同は嘆息とも賛嘆ともつかない吐息を洩らし、続く動作を待ったが、それきり鳩はただ、地上をあてどなく歩き回っているのみに終わった。

待つこと五分。

「はい、短信こそ利休の真筆。長信につきましては、このたびは右筆のものと相成りましたっ」

知恩堂が宣言した。

鳩たちが一通のみを利休の自筆と認めた結果、もう一通は右筆と評価が定まったのである。

歓声と拍手とがわき起こった。今年も納会の余興が、これにて恙《つつが》なく執り行われたのであった……。


「鳩に、図画《とが》の認識能力があるなんて、私、知りませんでした」

首を傾げる木島に、知恩堂は明かす。

「鳩は感覚が鋭くてね。視覚も優れているという。そのうえに、風見龍平氏は熱心な育成家だった」

骨董にも通じた風見氏は、利休の真筆を子飼いの鳩に見分けさせようと、古筆学の大家が出版した利休真筆の写真集を中心に、あらゆる図版を見せて、トレーニングを続けたという。

「そのうち、とある血統の鳩のなかから、とりわけ認識力が強く、百発百中で真筆を見分けるものが見つかった。それが、あの鳩たちさ。もう納会に来て貰うようになって四年になる。はじめは半信半疑だったがね。専門家が判じた通りに間違いなく結果が出たので、いまでは全幅の信頼が置かれていてねえ。とくに、新しいものが出てきたときには、鳩の判じ物に限るとまでいわれるようになっている」

「皆さん、よくも懲りずに遊んでらっしゃいますねえ」

鳩には鑑定料に相応する謝礼が払われるときいて、木島はあきれ顔になる。

「我々、それだけが楽しみだからねえ」

「それはそれとして。『知恩堂』さんが佛々堂先生にお約束した夢の秘密は、何なんです」

知恩堂は含み笑いの顔になる。

「実をいいますとね、ある鐘のありかをお教えしたんですよ……」

*

いよいよ、その日の夜も更けて。

佛々堂先生は、某地方、名も知れぬ村のとある寺にいた。年越しの参拝客も、地元の人がちらほらと訪れるのみである。

深閑とした本殿に上がり、佛々堂先生は時刻の到来を待っている。十一時五十分頃から、気持ちばかり人も賑わいだした。

——と。

にわかに、音の輪《わ》が、天より唸り転がり落ち、耳朶《じだ》をふるわせていった。津波のように。

轟音《ごうおん》の余波は、宙空を揺るがし、なおも漂い続け、数限りもない吐息のようなものとなり、終《つい》には闇に散り溶けていった。

——始まった。

除夜の鐘の、第一声であった。

「双調《そうじよう》や……」

感じ入ったような先生の呟きを、近くに座していた参拝客が聞きとがめた。

「何とおっしゃいました」

「ええ音や、というたんですわ。この寺の鐘は」

「へえ、よその人にはそう聞こえるんですかねえ」

参拝客は、それきり興味を失ったようであったが、先生は、胸中で呟きつつも、音色に耳を傾けている。

——黄鐘《おうしき》、双調、平調《ひようじよう》、壱越《いちこつ》、盤渉《ばんしき》。

鐘の音色は、ほぼその五種である。

この鐘は、もはや知る人も少なかろうが、古代朝鮮の鐘であった。和鐘と違い、朝鮮の鐘には、竜頭《りゅうず》の傍に円筒が立っている。鐘は朝鮮を経て我が国に渡来したともいわれ、音色に古代の夢を重ね合わせる物好きの一人こそ、佛々堂先生その人にほかならない。まだ明るいうちに、この寺の鐘楼に立ち、梵鐘《ぼんしょう》の姿形を隅から隅まで、心ゆくまで仰ぎ見た。

——除夜のそのとき、朝鮮渡来の梵音《ぼんおん》を聞きたいもんや。それも、年ごとに違う、五色の音色を。

そう思い立ったときから、先生流の遊びのひとつ——全国行脚の梵音探し——は始まっていたのである。

百八つを撞《つ》き数え、煩悩を払うという除夜の風習は、意外にも明治期からのものだというが、先生は意に介していない。

ただ酔いしれた。

高らかな音は世俗のすべてを絡《から》め取り、夢をも現《うつつ》をも、後景の彼方へと遠のかせてゆくようであったから。

解説

細谷《ほそや》　正充《まさみつ》

服部真澄《はっとりますみ》は、よくよく人を驚かせるのが好きな作家である。なにしろデビュー作『龍の契《ちぎ》り』が、サプライズそのものだ。一九九五年七月、何の前触れもなく出版された、書き下ろし長篇『龍の契り』は、一九九七年の香港返還を題材にした骨太な謀略小説であった。国際的な視野で捉えた政治と経済、さらには現代の国家とそこに生きる人間の在り方を描き切った筆力に、とんでもない新人が現れたと騒然となったものである。

しかも、この時点では作者の正体が、まったくの謎であった。わずかな手掛かりといえば、『龍の契り』の巻末に付された著者経歴。参考までに引用してみよう。

「はっとり・ますみ（本名）。１９６１年、東京生まれ。早稲田大学教育学部卒業後、編集制作会社勤務を経て現在はフリー・エディター。本書は正真正銘の処女作品であるが、すでに2作目の執筆に着手、3作目も取材中である。趣味は陶磁器の窯元めぐり」

なんというか、上手く作者の性別をごまかしている。そう、作者が女性であることが明らかになったのは、デビュー作が出てから結構経ってからであった。作品の内容から男性作家だと思い込んでいた読者も多く（私もそのひとりである）、女性と知ったときは、またまた驚いたものである。

しかも、サプライズはさらに続く。第十八回吉川英治文学新人賞を受賞した『鷲の驕り』や、『ディール・メイカー』『バカラ』と、デビュー作に連なる重厚な作品を発表していた作者は、二〇〇四年に『清談《せいだん》 佛々堂《ぶつぶつどう》先生』を刊行。ユニークな主人公を案内役にして、日本のさまざまな〝美〟を見せてくれた。ああ、作者は、こういう世界も持っていたのかと、鮮やかな驚きがあった。そして二〇〇五年には『海国記　平家の時代』で歴史小説にも乗り出し、やはり読者を驚かしてくれたのである。

と、サプライズ連発の作者だが、あらためて振り返ってみれば『清談 佛々堂先生』を読んだとき、驚きと同時に、納得する部分もあった。なぜなら、『清談 佛々堂先生』の誕生を予兆させる作品があったからだ。一九九八年に刊行された『骨董市で家を買う』である。「ハットリ邸古民家新築プロジェクト」のサブタイトルを持つ、この作品は、自身の古民家移築の体験を、夫の視点で描いた、ノンフィクション・ノベルであった。その中で語り手の夫は、妻(服部真澄)の骨董や古民家好きに触れ、

「そうなってしまったきっかけは、たぶん、工芸の取材で、あちこち出歩くようになったことらしい。手でものをつくるには、気が遠くなるような時間がかかるってことが、わかるようになったんだろう。織物の産地をいくつもめぐり、窯業《ようぎょう》の地をたずね、技《わざ》を継承する地元の職人に会う……ことを繰り返しているうちに、ぽつり、ぽつりと、誰かれの手から生まれた小さな品々が、家に持ち込まれるようになった。骨董市に出かけるようになったのも、その頃からかもしれない」

と、述べている。編集制作会社に勤務していたとき、全国の伝統工芸や手工芸を取

材していた作者は、いつしか日本伝来の工芸品に魅了されていった。その思い入れの深さが『骨董市で家を買う』で、ちょこちょこと表明されていたのだ。だから『清談 佛々堂先生』を読んだとき、これも服部真澄の世界であると、すんなり納得できたのである。

『清談 佛々堂先生』は、短篇四作で構成された、連作集だ。主人公は、佛々堂先生。本名不詳、経歴不詳。超一流の数寄者《すきしゃ》であり、平成の魯山人《ろさんじん》ともいわれる。関西に書院造りの自宅があるが、ほとんど帰ることはなく、面白いことを求めて、くたびれたワンボックス・カーで日本中を走り回っている。小柄だが、がっしりした体で、一見、職人風。お茶目でお節介だが、自分の欲望にも忠実。佛々堂先生の異名の由来は、仏のようだからと、ブツブツ文句をいうからの二説あり。さまざまな美に精通し、人脈も豊富。どうにもこうにも、底の知れない人物である。

そんな佛々堂先生が、人々を幸せにしながら、ちゃっかり自身の欲望も満たしていく様を、ミステリー・タッチの物語で綴ったのが『清談 佛々堂先生』であった。本書『極楽行き』(『わらしべ長者、あるいは恋』改題)は、それに続く、シリーズ第二弾だ。収録作は「縁起 春 門外不出」「縁起 夏 極楽行き」「縁起 秋 黄金波」「縁起 冬 初夢」の四篇。「小説現代」二〇〇七年四月号から〇八年一月号にかけて三ヵ月に一回のペースで掲載され、〇八年十一月に講談社より単行本が刊行された。

本書収録作の基本的なストーリーは、なんらかの理由で困っている人たちを、佛々堂先生が助けるというもの。どの話にも、ちょっとした仕掛けや意外性があるので、内容に踏み込むことは止めておこう。その代わりといってはなんだが、全体を通しての読みどころに触れておきたい。それは佛々堂先生に導かれて見ることができる、この国の風景や文化だ。「門外不出」に出てくる京都・奈良は東大寺のお水取りと、その裏で繰り広げられている、木ぎれのぶん取り合戦。「極楽行き」で、佛々堂先生に引っ張り回された男が知る、れんげ田や養蜂、いま如泥《じょでい》の作った幻の盃。「黄金波」の、荒れた庭の光景の中に秘められた、人と自然の関係。「初夢」で明らかになる趣味人の粋な置き土産と、雅な遊び心を忘れない大人たち……。普通に生きていたのでは、なかなか知る機会もないが、でも確かに存在している、過去から受け継がれてきた美しき風景や文化。それが春夏秋冬を通じて、読者の眼前に、次々と現れてくるのだ。その美、まさに圧巻である。

これに関連して、服部作品のスケールにも注目したい。先にも述べたように、デビュー以来、服部作品のメインになっているのは国際的な視野で政治と経済を捉えた、スケールの大きな物語である。今年（二〇一一年）に刊行された『天《てん》の方舟《はこぶね》』も、ヒロインの鮮烈な生き方に、ＯＤＡの諸問題を重ね合わせた、重厚な作品であった。そうした作品と比べると、本書で描かれている物語は、小ぶりに見えるかもしれない。だが、それは勘違いだ。たしかに本書には国際的なスケールはないが、さまざまな美を今に伝えるに至った、歴史的なスケールがある。誰かが受け継ぎ、次の世代に伝える。これを連綿と繰り返すことで、見ることができる美しい文化や風景。そこに込められた歴史のスケールは、他の作品に勝るとも劣らないのである。だから、心が震える。ああ、なんて私たちは、贅沢な〝美〟に囲まれて生きていることか！　それを知ることこそが、本書の最大の読みどころといっていいのである。

また、美しき風景や文化を案内してくれる、佛々堂先生も魅力的だ。関西きっての数寄者である佛々堂先生は、本当の美を見抜く審美眼と、深い知識の持ち主。その両方を駆使して、眼前にある物や風景の、なにがどう凄いのか、説明してくれるのである。しかも説明が、実に嬉しそう。この人は、心の底から美しい物が好きなんだなと感じられ、作中の登場人物と同様、いつしか佛々堂先生のキャラクターに惚れこんでしまうのである。

さて、惚れてしまえば痘痕《あばた》も笑窪《えくぼ》ではないが、佛々堂先生の発言も、とにかく印象的だ。少し、引用させていただこう。

「人生はいずれも、やりきれないもんや。誰かて、複雑なもん抱えとる。わてかてそう思うてます。けど、その気になれば、楽しみのタネかて、無尽蔵《むじんぞう》なんでっせ」

「あの秋景図見とると、何や心がうっとりしてきますものなあ。しみじみ心に響くのは、人と自然とが織り成した、里の景色やからかもしれまへん」

美を知るとは、人を知り、自然を知ること。だからこそ、このような箴言《しんげん》が吐ける。佛々堂先生、やはり大人物である。

ただしこの先生、人間臭い一面も持っている。人々を幸せにする行動の陰には、自らの欲望を充足させる狙いがあるのだ。もっとも、あまりに世俗とかけ離れた欲望のために、かえって清々しさすら感じさせるのは、数寄者の面目躍如というものか。また「黄金波」では、淡い恋心を覗かせ、可愛らしいところを見せてくれる。こうした人間臭さも覗かせてくれることで、ますます佛々堂先生が、好きになってしまうのだ。

ところで佛々堂先生には〝平成の魯山人〟という異名がある。北大路《きたおおじ》魯山人といえば、書画・陶芸・篆刻などの芸術家として活躍した、美の巨人である。その一方で、たいへんな美食家であり、自ら料理の腕もふるったことでも有名だ。

その魯山人に擬されるからには、佛々堂先生も芸術だけではなく、美食にも通じている。だから当然、本書には食事の場面が多い。しかも、どれもこれも美味《うま》そうだ。「門外不出」の真竹の塩漬け。「極楽行き」の、鯛を焼いて毟《むし》ったのを混ぜた炙《あぶ》り味噌を使い、さらに京の鞍馬の実山椒をパラリと振った味噌汁。れんげを鋤き込んだ田で作った〝れんげ米〟の握り飯。ああああああ、なんだってこんなに美味そうなんだ。食べたくて、たまらないじゃないか！　文章で味わう、美味しい食べ物も、本書の重要なポイントになっているのである。

二〇一一年現在、「清談　佛々堂先生」シリーズは、二冊しか上梓されていない。すなわち本書で完結である。だが、佛々堂先生と、これでお別れになっていいのか。急速な社会構造の変化や、震災の影響により、受け継がれるべき文化や伝統が、いつ断絶してもおかしくない状況が、あちこちで見受けられるではないか。だから、くたびれたワンボックス・カーと共に、また私たちの前に現れてほしい。こんな時代なればこそ、佛々堂先生が必要なのである。

この作品は、二〇〇八年十一月に小社より刊行された
『わらしべ長者、あるいは恋』を改題したものです。

|著者| 服部真澄　1961年、東京生まれ。'95年に刊行した処女小説『龍の契《ちぎ》り』が大きな話題になる。'97年『鷲の驕り』で吉川英治文学新人賞を受賞。豊富な取材と情報量を活かしたスケールの大きな作品に定評がある。他の著書に『エクサバイト』『海国記』『清談 佛々堂先生』『天の方《はこ》舟《ぶね》』など。

極楽行《ごくらくい》き　清談《せいだん》 佛々堂先生《ぶつぶつどうせんせい》

服部真澄《はっとりますみ》

2011年11月15日第1刷発行

発行者——鈴木　哲
発行所——株式会社　講談社
東京都文京区音羽2-12-21　〒112-8001
電話　出版部（03）5395-3510
　　　販売部（03）5395-5817
　　　業務部（03）5395-3615
Printed in Japan

講談社文庫
定価はカバーに
表示してあります

デザイン—菊地信義
本文データ制作—講談社デジタル製作部
印刷———豊国印刷株式会社
製本———株式会社大進堂

ISBN978-4-06-277092-7

講談社文庫刊行の辞

二十一世紀の到来を目睫に望みながら、われわれはいま、人類史上かつて例を見ない巨大な転換期をむかえようとしている。

世界も、日本も、激動の予兆に対する期待とおののきを内に蔵して、未知の時代に歩み入ろうとしている。このときにあたり、創業の人野間清治の「ナショナル・エデュケイター」への志を現代に甦らせようと意図して、われわれはここに古今の文芸作品はいうまでもなく、ひろく人文・社会・自然の諸科学から東西の名著を網羅する、新しい綜合文庫の発刊を決意した。

激動の転換期はまた断絶の時代である。われわれは戦後二十五年間の出版文化のありかたへの深い反省をこめて、この断絶の時代にあえて人間的な持続を求めようとする。いたずらに浮薄な商業主義のあだ花を追い求めることなく、長期にわたって良書に生命をあたえようとつとめるところにしか、今後の出版文化の真の繁栄はあり得ないと信じるからである。

同時にわれわれはこの綜合文庫の刊行を通じて、人文・社会・自然の諸科学が、結局人間の学にほかならないことを立証しようと願っている。かつて知識とは、「汝自身を知る」ことにつきていた。現代社会の瑣末な情報の氾濫のなかから、力強い知識の源泉を掘り起し、技術文明のただなかに、生きた人間の姿を復活させること。それこそわれわれの切なる希求である。

われわれは権威に盲従せず、俗流に媚びることなく、渾然一体となって日本の「草の根」をかたちづくる若く新しい世代の人々に、心をこめてこの新しい綜合文庫をおくり届けたい。それは知識の泉であるとともに感受性のふるさとであり、もっとも有機的に組織され、社会に開かれた万人のための大学をめざしている。大方の支援と協力を衷心より切望してやまない。

一九七一年七月

野間省一

講談社文庫 最新刊

池井戸 潤
鉄の骨
若手ゼネコンマンの富島平太が直面した現実——談合を巡る、手に汗握る白熱の人間ドラマ。

池井戸 潤
新装版 **銀行総務特命**
行内スキャンダル処理に奔《はし》る指宿《いぶすき》を陥れようと、ある罠が仕掛けられた。傑作ミステリー。

池井戸 潤
新装版 **不祥事**
歪んだモラルと因習に支配されたメガバンクを、若手女子行員がバッサリ斬る。痛快！

桜庭一樹
ファミリーポートレイト
公営住宅に暮らす、マコとコマコの母娘。二人はいつまでも一緒——だって親子だもの。

秦 建日子
インシデント〈悪女たちのメス〉
天才女医が挑んだ世界初の脳外科手術で悲劇が起きる。医療ミステリー。〈文庫書下ろし〉

佐藤雅美
天才絵師と幻の生首〈半次捕物控〉
九つの子の描いた「気味《きび》が悪い」ほど見事な生首。半次のひらめきが難題を解く傑作捕物帖。

松谷みよ子
ちいさいモモちゃん
モモちゃんって、こんなに奥深い。人生の真実を優しく鋭く描く名作が酒井駒子の絵と共に甦る。

森村誠一
真説 忠臣蔵
『忠臣蔵』『悪道』へと連なる森村時代小説の清冽なる源流。無念の士道を描く忠臣蔵異聞。

佐藤さとる
小さな国のつづきの話〈コロボックル物語⑤〉
図書館員の正子は「コロボックル物語」を読んだ。現実と小説が交錯し、世界が広がる！

鯨 統一郎
タイムスリップ戦国時代
女子高生うららが時を超えて戦国時代へ。ネタ満載、笑いが止まらないシリーズ第5弾！

長嶋 有
電化文学列伝
作品中の家電を軸に文学を語る書評エッセイ。清冽な書き下ろし短編小説「導線」掲載。

赤井三尋
バベルの末裔
果たして、人間が「意識」を生み出すことは許されるのか？『2022年の影』を改題。

団 鬼六
悦楽王〈鬼プロ繁盛記〉
伝説の雑誌『SMキング』編集部での狂騒の日々。官能小説の王者、最後の自伝的小説。

講談社文芸文庫

富岡多恵子（編）

大阪文学名作選

西鶴、近松から脈々と連なる大阪文学は、ユーモアの陰に鋭い批評性を秘め、色と欲に翻弄される愛しき人の世を描く。川端康成、宇野浩二、庄野潤三、野坂昭如等十一篇。

解説＝富岡多恵子

978-4-06-290140-6　とA9

藤枝静男

志賀直哉・天皇・中野重治

藤枝静男の生涯の師・志賀直哉をめぐる随筆を中心に、名作「志賀直哉・天皇・中野重治」など、他では読めない藤枝文学の精髄を掬い取った珠玉の随筆第二弾。

解説＝朝吹真理子　年譜＝津久井隆

978-4-06-290139-0　ふB5

中村光夫

風俗小説論

日本の近代リアリズムはいかに発生・展開し、変質・崩壊したのか。私小説が文学に与えた衝撃を、鋭利な分析力で解明し、後々まで影響を及ぼした、古典的名著。

解説＝千葉俊二　年譜＝金井景子

978-4-06-290141-3　なH4

講談社文庫　目録

2011年9月15日現在